先輩の七不思議の一つにこんなものがあった。
―七種千紗子は誰とも付き合わない―
煽
した
仲間が
品行方正な
だった話

PLAYER2 クロ
『彼氏にしたい条件だぁ？
そんなの一つしかないでしょ！ アタシより強え奴だよっ！』
「ハードル高すぎわろた」
『あははー、だからいつも言ってんじゃん。
アタシに10先で勝てたらいつでもクロちゃんの
彼女になってあげるってさー』
神木玄人
Kuroto Kamiki
ゲーム好きの高校2年生。
ハンドルネームはクロ。

PLAYER1　ゴリ林
「いやー、俺は先輩一筋なんで遠慮しときますわ」
『ちぇっ、また振られちゃったなー。
いやぁ、でもさー、クロちゃんだけだよ？
アタシみたいな超絶美人なJKを振る男の子なんてさ』
「ははっ、それは光栄な事っすね」
『何でやねん、あははー』
ゴリ林
Goribayasi
玄人のオンラインゲーム友達。
愛称はゴリさん。

「普段自宅で使ってる用のメガネなんだよね。
ネットでテキトーにポチった安物のメガネなんだ」
「あ、そうなんですか？」
「だからちょっと可愛くないんだよね—このメガネ」
七種千紗子
Chisako Saegusa
高校3年生。品行方正で誰に
対しても優しい天使のような人。

煽り煽られしてたネトゲ仲間が品行方正な美人先輩だった話

tama

FB
ファミ通文庫

LET'S
Play

CONTENTS

A story about how the online game friend
who was being provoked was a
beautiful senior with good manners.

イラスト／たん旦

プロローグ

prologue

A story about how the online game friend who was being provoked was a beautiful senior with good manners.

深夜二時半。

俺こと神《かみ》木《き》玄《くろ》人《と》は自分の部屋で奇声を上げていた。

「は、はぁ⁉　意味わからんって‼」

『か、か、かっすぅ～ｗｗ　クロちゃんクソ雑魚《ざこ》すぎわろたｗ』

「いや待て待て待てって‼　それ絶対にハメだって‼」

『全然違うよー！　これは当て投げっていうちゃんとしたテクニックだからさぁ……って、え⁉　も、もしかしてクロちゃん対応出来ないのー？ｗｗ』

「いや無理無理！　マジで意味わからんって‼」

『はいアタシの勝ち！　何で負けたか明日までに考えといてくださいｗｗ』

「ぐ、ぐぎぎっ……！」

俺のヘッドセットからはとても明るい口調でケラケラと笑う女の子の声が鳴り響いていた。

今日は、ネットフレンドの〝ゴリ林《ばやし》さん〟と通話をしながら格ゲーのオンライン対戦をしていた。

ゲームの対戦結果は、ゴリさんにボコボコにされるという圧倒的な惨敗で終わった。

あまりの悔しさに俺は装着していたヘッドセットの有線部分に噛《か》みつきそうになった。

「いやゴリさん強すぎっしょ！　そんなに強いなら先に言ってくださいよ！　何が〝アタシ格ゲー弱いからなぁ〟ですか！　嘘《うそ》ですやん!!」

『いやだってクロちゃんがさぁ、〝新作の格ゲー速攻で理解しましたわ〟って言うからさぁ。そんな事言われたらさぁ……アタシにわからせてもらいたくなるじゃん？』

「汚いって！　本当に性根が腐ってますわ！　そんなん初心者プレイヤーが普段よく言う戯言《ざれごと》ですやん！」

深夜に俺が奇声を上げて叫んでいた理由は、新作の格ゲーでゴリさんに何度もボコボコにされていたからだった。この恨《うら》み……絶対にいつかはらす！

『あははっ！　いやぁ、笑った笑った』

「笑いすぎですやんっ！」

『いやでもごめんね、流石《さすが》に今のはガチで大人げなかったわ。気を取り直して違うゲームやらん？』

「は、はぁっ⁉　何言ってるんすか、勝ち逃げとか絶対に許さないっすよ！」

『お、おぅ……？』

「ってかそんな殊勝《しゆしよう》な事言うゴリさん気持ち悪いっすわ！　いつも通りずっと調子乗っといてください、そしたら俺も心置きなく叩《たた》き潰《つぶ》せるんでねっ！」

『き、気持ち悪いってクロちゃん酷《ひど》くない？　これでもアタシ華のＪＫなんですけど？』

「いやゴリさん残念な話なんすけど、自分の事を華のＪＫとか言っちゃう女子高生ってあまりいないと思いますよ」

『そんな馬鹿なっ⁉』

という事で今通話をしている相手はゴリ林さん（通称ゴリさん）という女性だ。

今から二年くらい前にトイッターの〝#FPSフレンド募集〟のタグでフレンドになっ

た人だ。

　ゴリさんとフレンドになってから色々な事があったけど、今ではほぼ毎日通話をしながら何かしらのゲームを一緒にやるような仲になった。

　ただし五分に一回のペースでお互い煽《あお》り煽られ、イキりイキられ、罵倒《ばとう》し合《あ》うような仲でもあるんだけどさ……。

　そんな煽り合う系フレンドのゴリさんだけど、フレンドになった当初は至って普通の真面目そうな女子だった。勝てば「やった！」と素直に喜び、負けたら「負けちゃった……」と悲しそうにする、本当に普通の女子だった。

　それがいつの間にか勝てば「かっすぅ～w」と煽り、負ければ「殺すぞ」「はいはいクソゲー乙」が口癖で、常にイキり散らかす煽り系女子になってしまった。

　ちなみにこの事を少し前にゴリさんに直接伝えたら『おめぇもだろ、殺すぞタコ』って言われた。

　まぁ口が悪くなるのは対人ゲーをやり続けてる人間の宿命みたいなものだから仕方ないという事で。

　それとゴリさんは俺よりも年上なので、ゴリさんと話す時は一応敬語で話すようにしている。

俺が高校二年なのに対して、ゴリさんは高校三年の女子との事なので、一応ゴリさんの方が年上なのだ。まぁ熱くなったら年上年下関係なくお互いに罵倒し合うんだけど。

あとゴリさんはよく〝私はイケてる都会のピチピチ美人ＪＫ（本人談でしかないので信憑性《しんぴょうせい》０）〟と言っている。まぁネットの世界だから話半分にしか聞いてないけど。

「でもゴリさんってなんでそんなにゲーム上手いんすか？　ＦＰＳゲーといい格ゲーといい、どんなジャンルでも上手くて羨《うらや》ましいっすわ」

『いやいやアタシなんて全然普通だよー。アタシは逆にクロちゃんの方が凄《すご》いと思うけどね』

「え？　何でですか？」

『だってさ、クロちゃんっていつもアタシ相手に色んなゲームでボコボコにされてるのに萎《な》えてやめちゃうって事ないよね。今のも逆の立場だったらさ、アタシは台パンしながら通話ブチ切ってるよ』

「あははっ、まぁ俺は最初にボコボコにしてくれた方が逆に燃えるタイプなんでね！　だから必ず追いついてみせますよ！　そしていつかゴリさんを叩き潰すんで覚悟しといてください！」

『……ぷははっ！　やっぱりクロちゃんは良いねぇ、向上心の化物だ！　うん、いつでも挑戦待ってるよ。あ、何ならアタシに勝ったら何かご褒美でもあげようか？』

「えっ⁉　何くれるんすか？」

『そうだなぁ……あ、じゃあさ、いつか一〇先でアタシに勝てたら、ご褒美としてクロちゃんの彼女にでもなってあげようか？』

「んー、チェンジで！」

『おいこら待てタコっ！　なんで美人ＪＫであるこのアタシが振られなきゃいけないんだよ』

「うーん、そうっすねぇ……ゴリさんのその性悪《しょうわる》な性格が直ったら惚《ほ》れようか考えますわ」

『ははっ、そりゃ一生無理だねぇ』

「あはは、そりゃそうだ！」

そう言って俺とゴリさんはお互いに笑いあった。

お互いにいつも煽り散らかしてるわけだけど、でも決して不仲というわけではなく、むしろ仲はだいぶ良い方だと思っている。多分ゴリさんもそう思ってくれてるはずだ。

『んじゃまぁ、アタシがクロちゃんに初めて振られた記念にもう一勝負しようぜぃ！』

「いいっすね！　やりましょう！」

こうして今日は夜が明けるまでゴリさんとゲームをやり続けていった。明日も学校なのにね……。

第一章

chapter 1

A story about how the online game friend who was being provoked was a beautiful senior with good manners.

次の日、俺は圧倒的な寝不足のおかげで死にかけていた。眠すぎて授業に全く集中出来ない。あかん、もう寝ちゃいそう……。

――キーンコーンカーンコーン

（た、たすかった……）

もう限界だと思ったその時、ちょうど三時限目の終了を告げるチャイムが流れた。

俺は何とかぎりぎり睡魔に勝つ事が出来た。いや、黒板の板書を書き写す事は一切出来なかったから実質完敗なんだけどさ。

「じゃあ今日の授業はここまで。日直、号令」

「起立、礼――」

日直の号令も終わり、先生は教室から出て行った。ここから十五分間の休憩時間が始まる。

「ふぁ……ねむ……」

俺は大きな欠伸《あくび》をしながら自分の席から立ち上がった。

そうすると後ろの席に座っている男友達である志摩結城《しまゆうき》が俺に話しかけてきた。

「ん？　玄人《くろと》君どっか行くの？」

「あぁ、ちょっと眠気覚ましになりそうなの買ってくるわ」

「あはは、さっきから凄《すご》い眠たそうだもんね」

「もう眠すぎて次の授業まで起きてられる自信ないからな。あ、すまんけどさ、さっきの授業のノートあとで借りてもいいか？」

「もちろんいいよ。次の授業日までには返してね」

「ありがとう、マジで助かるよ。あ、志摩も何か飲みたいもんとかあるか？　あるならついでに買ってくるけど？」

「あ、ううん、僕は大丈夫だから気にしないでいいよ。それじゃあ行ってらっしゃいー」

「そっか、了解。んじゃあちょっくら行ってくるわ」

俺はそう言って教室から出て行った。

目当ての自販機は、教室を出て廊下を歩いた先にある購買部の隣に設置されているのですぐに到着した。

「小銭《こぜに》小銭……っと」

――チャリンチャリン……

ポケットからサイフを取り出そうとしたその時、サイフから硬貨が数枚こぼれ落ちてしまった。

硬貨は床に落ちて、そのままコロコロと転がっていき……ポトッと近くにいた女子生徒の足元で止まった。

「よっと……はいこれ、どうぞ」

その女子生徒はしゃがみながら硬貨を拾い上げてくれて、そしてそれを俺に渡してくれた。

「あ、すいませ……あっ」

俺はその硬貨を受け取ろうと、その女子生徒の顔を確認した。

「さ、七種《さえぐさ》先輩……！」

「あはは。凄い眠たそうだね、神木《かみき》君」

俺の目の前でニコッと笑ってくれたのは七種千紗子《ちさこ》だった。

俺の通う高校で一番の美人と名高い三年生の先輩だ。ちなみに去年の文化祭で開催されたミスコンではぶっちぎりの一位を取っていた。

七種先輩は黒いサラサラのロングヘアが特徴的でスレンダーなモデル体型の女子生徒だ。

外見だけでなく、内面もかなり凄い人で、成績優秀かつ品行方正で誰に対しても優しく、柔和《にゅうわ》な笑みを絶やす事のないその姿はまさに天使そのものだ。

そして声色はちょっと高めの可愛《かわい》らしい女子という感じなんだけど、落ち着いた口調で喋《しゃべ》ってくれるので、威圧感とかは一切感じさせず、後輩にもとても優しいフレンドリーな先輩だ。

そんな七種先輩の事を俺達後輩らは尊敬の念を込めて〝立てば芍薬《しゃくやく》、座れば牡丹《ぼたん》、歩く姿は千紗子様〟なんて陰《かげ》で呼んでいたりもする。

「す、すいません、みっともない所を見せちゃって……」

「ううん、そんな事ないよー。神木君は昨日夜更《よふ》かしでもしちゃったのかな？」

ちなみに七種先輩が何で俺の事を知っているのかというと、七種先輩と俺は現生徒会に所属しているからだ。

七種先輩は書記で、俺は会計で生徒会に参加している。

「え、えぇっと、実は友達とずっとゲームをしてて……」

「あーそれで夜更かししちゃったんだね。でも熱中出来るものがあるのは良い事だと思うよ」

先輩は俺の言う事にあきれ顔などは一切せず、いつも通り柔和な笑みを浮かべながら優しく喋りかけてくれた。

「あ、あはは……あ、そういえば先輩はゲームとかはしたりするんですか？」

偶然だけどせっかく七種先輩と仲良くなれるチャンスだし、俺は他愛ない話をして七種先輩を引き留めた。

「え、ゲーム？　うーん、そうだなぁ……」

七種先輩は手に持っていた紙パックの緑茶にストローを差しながら少し悩み出した。

そんなに悩ませる質問だったのかな？

「なんか変な事聞いちゃいました？」

「え？　あぁいや、そうじゃないんだけどね。実は私もゲームは少しだけやるんだけどさー、全然上手くならないんだよね」

「あ、そ、そうなんですか、なるほど」

「うん、そうなんだよ。だから私もゲームは好きなんだけどさ、友達とやってもすぐに負けちゃうんだよねー、あはは。神木君はゲーム得意なの？」

「え？　ええっと、そ、そうですね、まぁまぁそれなりに得意な方です！」

「あ、そうなんだね！　それは凄いなー」

「い、いやいや全然っすよ！　あ、でも昨日は友達とずっと対戦ゲームしてたんですけど、それはボコボコにしてやりましたよ」

嘘《うそ》です。朝までボコボコにされ続けたのは俺の方です。でも七種先輩に褒められたのでちょっと調子に乗ってしまった。

「へぇ、そうなんだ、神木君はゲームが凄い上手なんだね！　あ、でも駄目だよー、お友達ならたとえゲームでもさ、ボコボコになんてしちゃ駄目だよ。せっかくのお友達なんだから仲良くしなきゃね」

「あ、は、はい……そうですよね」

嘘をついた挙句《あげく》、七種先輩には叱《しか》られてしまった。

でも七種先輩の言ってる事は正しいよ。是非とも先輩には今の言葉をゴリさんにぶつけてやってほしい。

「あはは、まぁでもそれだけ深夜でも一緒にやってくれるって事は凄く仲の良いお友達って事なんでしょ？　それならこれからもそのお友達は大事にしなきゃだね」

「あ、はい、それはもちろんです！」

「うんうん、それなら良かったよ。あっと、ごめん、そろそろ行かないとだ」

「あ、そ、そうなんですね。す、すいません、俺の方こそ足止めしちゃって」

「ううん、全然大丈夫だよ、これからはお金落とさないようにね。それじゃあね」

「は、はい、お疲れさまです！」

そう言って俺は七種先輩とそこで別れた。

先ほどまでの俺は眠くて死にそうだったわけだけど、七種先輩と話が出来ただけで眠気は完全に吹っ飛んだ。いや、それにしてもさ……。

「先輩もゲームとかってするんだな」

先輩の意外な一面を知れて俺はちょっとだけテンションが上がった。

まぁ先輩は趣味って程《ほど》ゲームをやり込んでるわけじゃないだろうけど、それでも先輩との共通点が見つかったのは普通に嬉《うれ》しかった。

俺は心の中でそんな事を思いつつ、なんだか今日は良い一日になりそうだと思いながら、俺は自分の教室へと戻っていった。

＊＊＊

『なんかさー』

「んー？　どしたんすか？」

その日の夜、俺はいつも通りゴリさんと通話をしながらゲームをしていた。

今日はとあるスマホゲームのイベントが始まる日だったので、ゴリさんとそのゲームを一緒にプレイしている所だった。

今俺達がプレイしているそのイベントは三十人で一つの団を作り、その団内の仲間達で協力しながら高難度のボスを沢山倒しまくるというイベントだ。

ちなみにこのゲームはスマホゲームの中でも特に人口が多いのが特徴であり、さらにこの団内イベントが一番盛り上がる事でも知られている。

そしてこの熱狂的なイベントが開催される時期はトイッターでも度々お祭り騒ぎになっており、〝団イベから逃げるな〟というパワーワードがトレンド入りするというのも珍しくない光景だ。

俺とゴリさんはそのゲーム内で同じ団に所属しており、今日は一緒にイベントを走ろうとゴリさんから提案してきたので、通話しながらプレイしている状況だ。

実はこのイベントは一人で黙々とやってると簡単に寝落ちしてしまうから俺としてもありがたい提案だった。

『最近スマホで攻略サイトとか、まとめサイトとかを見てるとさ、何かえっちぃ広告を頻繁《ひんぱん》に見かけるんだけどこれってアタシの気のせい？』

「それあるあるっすよね。エロ漫画とかの広告なら俺もよく流れてきますもん」

『あ、本当？　それなら良かった、アタシだけだったら嫌だなって思ってたからさー』

「あはは、確かに自分だけそんなエロ広告ばかり流れて来たら嫌っすね」

『そうそう、そうなんだよね。あれ、もしかしてアタシ怪しいサイトでも踏んじゃったっけ⁉　って思っちゃって焦《あせ》ったよー』

「はは、意外とゴリさんって子供っぽい所ありますよね」

ゴリさんがエロ広告を踏んで焦ってる所を想像するとちょっと面白かった。

『んでさー、ここからが本題なんだけどさ』

「え、今のが本題なんじゃないんですか？」

『そんなわけないでしょ』

「は、はぁ、それじゃあ一体なんなんすか？」

『クロちゃんってエロ本とか動画とかのエロコンテンツって何か買ってたりするん？』

「ぶはっ⁉」

本題が酷《ひど》すぎて俺は噴き出した。

『うわっビックリした！　どうしたのよ』

「ごほっごほっ！　こっちがビックリしたわ！　な、なんすかいきなり⁉」

『いや、だからクロちゃんはエロい物持ってるんかなーって思ってさ』

「それが気になってる理由を聞いてるんですよこっちは！」

俺は呼吸を整えてからその理由についてをゴリさんに問いただした。

『いやさ、さっきも言ったけど、えっちぃ漫画の広告が流れて来たんだけどさ』

「はい」

『何かあらすじの内容が面白そうだったんだよね』

「はい？」

『だからポチってみたわけよ』

「ちょっと待って！　エロ広告踏みそうになって焦ったっていう話じゃなかったの？」

『いや？　初めてエロ本読んでみたら面白かったっていう話だけど？』

「思ってた話と全然違う！」

ゴリさんは何でも気になったらすぐに行動する人だし、そういう所は尊敬もしてるけどさ……でも少しくらいは躊躇《ちゅうちょ》する事も覚えてほしいんだけど。

『それでさ、えっちぃ漫画を読み終えてアタシは気になったわけよ。あれ、ひょっとしてクロちゃんもエロい物を陰でコソコソと買ってるのかなー？　ってさ』

「さぁ、早く素材集めましょ！　イベントも期限があるんだから！」

『露骨にスルーしてきて草なんだけど』

「いや当たり前でしょ！　何で女子相手にそんな事を白状しなきゃいけないんすか！」

『えーいいじゃん、お姉さんに教えてよー、誰にも言わないからさー』

「ちっとも信用出来なくて草なんですけど」

『なんでや！　少しはアタシを信用しろよ！』

俺はゴリさんにツッコミを入れながらイベントの素材集めを再開した。

『どうせクロちゃんだって男の子なんだからエロ本の一冊や二冊……いや五十冊くらい持ってるんでしょ？』

「そ、そんなに持ってねぇよ！」

『……へぇ？　じゃあやっぱり持ってはいるんだねぇ？』

「……あっ！　き、きたねぇっすよ！」

通話先からゴリさんのクスクスとした笑い声が聞こえてくる。ちっとも可愛げのない笑い方なんだけど。

『ぷははっ、やっぱりクロちゃんは面白い男の子だねぇ！』

「ちっとも嬉しくないっすわ！　いやでもなんか珍しいっすね、ゴリさんがそういう話題を出すのって」

『あはは、確かにそうだねー。あっ、でもさ、アタシが男の子相手にこんなえっちぃ話をするのはさぁ……クロちゃんだけになんだよ？』

「うわどうしよう、女子相手にそんな事言われたらメッチャときめきそうなのに……これっぽっちもときめかないんですけど？」

『なんでや！　美人ＪＫにこんな事言われたらグッとときめくやろがい！』

「いやゴリさんの今までの行いのせいでしょー、あはは」

『あはは、確かにそれはそうだ……っておい！』

これが本当に七種先輩程の超美人さんだったら昇天レベルでときめく発言なんだけど、まぁ相手はゴリさんだしね。

『それで？　結局クロちゃんはどんなエロ本持ってるん？』

「え⁉　い、いや、まぁその……普通っすよ普通！　普通くらいの数しか持ってないって事で」

『えー⁉ アタシ普通なんて言われてもわかんないんだけど？』

「い、いやまぁそれはその……！ で、でもそう言ってますけどゴリさんだって実はムッツリで相当の数のエロ本持ってたりするんじゃないんすか？」

『え何それセクハラ……？ どうしよっかクロちゃん？ とりあえず警察呼ぼっか？』

「いやちょっと待って流石《さすが》にそれは理不尽じゃない⁉」

結局その日は俺がエロ本を所持しているとゴリさんにバレて終わった一日であった。

＊＊＊

午前の授業が終わり、今は昼休み。

この数日間、同級生の男子に呼び出される事が頻繁にあった。最初に呼び出されたのは今から一週間くらい前かな？

確か最初に呼び出された日は……そうそう、神木君と自販機前で会った日だ。あの日からほぼ毎日誰かしらに呼び出されている。

そんな感じでずっと誰かに呼び出される日が続いていて、私としても色々と思うところがあるので、最近はお昼休みは人気《ひとけ》の少ないバレー部の部室でお昼ご飯を食べていた。

まぁ私はバレー部員じゃないんだけど。

「千紗《ちさ》、何見てるの？」

「んー？」

私がお昼ご飯を食べ終えてスマホをぼーっと眺《なが》めていると、隣に座っている女の子に声をかけられた。

彼女の名前は佐々木早紀《ささきさき》。バレー部に所属している女子生徒だ。バレー部の部室は彼女に開けて貰《もら》い、今現在この部室にいるのは私と早紀の二人だけだ。

「漫画読んでるところー」

「ふぅん？　千紗が漫画を読むってなんだか珍しいね」

早紀は私と同じクラスで一番仲の良い友達だ。

ショートヘアが似合う可愛い系でおっぱいがとても大きいグラマラス体型なスポーツ万能の女の子だ。

ちなみに彼氏持ちのリア充です。いつも彼氏とラブラブなようで羨《うらや》ましい限りだよ。

それと趣味が料理と家庭的な所もあり、いつも早紀が持ってきているお弁当は毎朝早起きをして自分で作っている。

時々早紀のお弁当からおかずを一口貰うんだけどいつも本当に美味《おい》しい。だから私もお菓子とか何か作りたい時にはいつも早紀先生に教えてもらっている。

「何の漫画読んでるの？　最近の流行《はや》り物《もの》とか？」

「あー確かに流行り物かな？　広告沢山見かけたし」

私は食後に紙パックの緑茶をストローで飲みながら早紀にそう返事した。すると早紀は私の様子が気になったようで、私のスマホを眺めようとしてきた。

「へぇ、そうなんだ。どんな内容なの？」

「エロ漫画」

「え？」

「エロ漫画」

「は？」

「だからエロ漫g」

「いやそれは聞こえてるわ！」

早紀は私の言葉を制止してきた。

「いや、どうしていきなりエロ漫画を読み出してんの？」

「うーん、なんかさスマホの広告で流れてきて、その漫画のあらすじを読んでたら気になってさ」

「へ、へぇ？　どんなストーリーなの？」

「なんかいきなり世界中にゾンビが溢《あふ》れちゃって人間が襲われるんだけど、主人公の男の人は何故《なぜ》か襲われないっていう状況なの。それで、主人公はゾンビに襲われない事を良い事に女の子をゾンビから助ける代わりにえっちぃ展開になるっていう話だね」

「あ、あぁ、確かにそれよく広告で見かけるやつね」

私がそう言うと早紀も何の漫画か理解したようだ。やっぱりこの漫画の広告って皆見かけてたんだね。

「そうそう、それで気になってポチってみたんだよね。そしたら普通にストーリーがちょっと面白くて、気が付いたら全話読んじゃってたのよ」

「な、なるほど？　あ、そういえば千紗ってゾンビ系とかホラー系のゲーム好きだもんね」

「まぁゲームは何でも好きだけどねー。どうかな？　これで納得した？」

「いや全く納得はしてないけど。ってか生徒会所属してる人が学校でエロ漫画なんか読んでちゃ駄目でしょ」

「まぁ後学のためという事で」

「後学のためって……何かの役に立ちそうな事書いてあった？」

「うーん……あっ、でも」

「ん？　どうしたの？」

「ほら、これなんだけどさ」

「うん？　ってお い！」

私はそう言いながら早紀にスマホを見せた。

そのスマホ画面には可愛い女の子の服が破けてしまい大きなおっぱいがぽろんと飛び出している場面が映っていた。

「ア、アンタいきなり何見せてきてんのよ！」

「いやそれはゴメンだけどさ、でもこんな大きなおっぱいって普通ありえる？　こんなんおっぱい通り越して巨大なメロンじゃん？　いやもっと現実的なおっぱい描写にしてほしいよね！」

「いや、まぁそれはそういう用途の漫画なんだし、やっぱりそういうえっちな描写については結構誇張して描くのが普通なんじゃない？」

「いや、でもやっぱり世の中には限度ってものがあるじゃん？　どうやったらこんな巨大メロンが体に生まれるのよ？」

「んー、じゃあれじゃない？　胸を揉《も》んだら大きくなるって言うじゃん？　だからこの登場人物の女の子は無限に自分の胸を揉みまくった事で胸に巨大メロンが生まれたんじゃない？」

「いやいや、世の中には揉める程のおっぱいがなくて悲しんでるちっぱい勢だって沢山いるんだよ？　ねぇ、これって絶対に貧乳差別だよね？」

「いや、絶対に違うわ」

「え？」

「え？」

……という感じで今日も早紀としょうもない話で盛り上がっていった。

その後も早紀と他愛ない話をしながら過ごしていたんだけど、でもその時、突然早紀のスマホから通知音が鳴り出した。

それはLIME《ライム》にメッセージが届いた事を知らせる音だったので、早紀はスマホを取り出してそのメッセージの確認をし始めた。

「んー？　ひょっとして彼氏君から？」

「うん、そう。〝今日一緒に帰らない？〟って連絡だったわ」

「え、何々⁇　それってもしかして放課後デートってやつ⁇」

「うん、まぁそうなるわね」

「うわぁ、めっちゃ羨ましいなぁ。あはは、それにしても相変わらずラブラブなようで羨ましい限りだなー」

「ふふ、いいでしょ？」

私は今まで彼氏が出来た事がないので、早紀に彼氏がいるのがとても羨ましかった。

私も放課後デートとかしてみたいけど、このままだと多分出来ずに高校を卒業する事になりそうだな。

「あ、そういえば早紀は山田君《やまだ》とは普段何してるの？　デートとか何処《どこ》行ったりするの？」

山田君とは早紀の彼氏の事だ。

私達と同じ三年生の男子生徒だけど、私達とはクラスが違うからあまり交流はないのでどんな人かはよく知らない。まぁ早紀が付き合ってるって事は普通に良い男子なんだろうな。

それに二年生の頃は早紀と山田君はほぼ毎日一緒にお昼ご飯を食べてた時期もあったし昔から仲が良さそうで羨ましい限りだ。

「うーん、今はお互いに受験が控《ひか》えてるし最近は一緒に勉強会してるくらいかな」

「ほうほう、それでそれで？　その勉強会とやらは何処でやってるの？」

「え？　ま、まぁ学校終わりの空き教室とか図書館でとか……あとは休みの日はどっちかの家とかでだけど」

「おー、お家デートってやつだねぇ」

「べ、別にデートって程じゃないけど。勉強しかしてないわけだし」

早紀は顔を赤らめながら自分の横髪を指先で軽く弄《いじ》くっていた。これは早紀が照れてる時によくやる仕草なんだけど可愛らしくて良いよね。

「それだけでも全然いいでしょ。休みの日に彼氏と一緒に過ごせるなんて幸せそうで羨ましいよ。あーあ、私もデートとかしてみたかったなー」

「ふふ、千紗って見た目は凄い大人っぽいのに、中身は何だか乙女っぽい所あるよね」

「乙女っぽいというか私は純度一〇〇％乙女なんですけど」

私は不貞腐《ふてくさ》れながらぷくーっと頰《ほお》を膨《ふく》らませた。すると早紀は笑いながら私の頰を指でつんつんと触《さわ》ってきた。

「でもそんなに羨ましいんだったらさ、千紗も彼氏作ってみたら？　千紗の欲求不満も解消されるんじゃない？」

「誰が欲求不満よ誰が」

「え？　だからエロ漫画なんて読んでたんじゃないの？」

「違うわい！」

「はは、まぁそれは冗談だけど。でも千紗なら今からでも彼氏くらいすぐに作れるんじゃない？　文化祭のミスコンでぶっちぎりの一位取ってたんだし、男子から引く手あまたでしょ？」

「うーん……いやそうは言っても私だって受験生だからね？　今から彼氏作っても全然遊べないでしょ」

「うん、それはそう」

私がそう言うと早紀は深く頷《うなず》いてきた。

やはり彼氏持ちの早紀はその事を身を以《もっ》て体験しているという事なんだろうな。早く受験が終わって彼氏さんと沢山遊べるように私は祈っております。

「千紗も彼氏が出来たら報告してよね。ちゃんと祝ってあげるからさ」

「お、それは嬉しいなー」

「そうは言っても変な男にだけは絶対に引っかからないでよ？　街中でナンパとかに声かけられても付いて行っちゃ駄目だからね」

「あはは、それは大丈夫だよ」

「うーん、本当かなー？」

「いやいや、私だって全然知らない人と付き合う気はないからね、流石に怖いしさ。それに、ちゃんと友達から始めて仲良くなってからじゃないと彼氏にするつもりはないからね」

「それなら安心だよ」

私が笑いながらそう言うと早紀も笑いながらそう言ってくれた。いつになるかわからないけど、親友に彼氏が出来たと報告出来る日がいつか来たらいいな。

会話がちょうど途切《とぎ》れたので、私はスマホをしまってお茶を飲みながら一息ついた。

ふと先ほどの会話を思い出して小さく呟《つぶや》く。

「……んーでもそっかぁ、おっぱいって揉むと大きくなるんだね」

「ぶっ、唐突《とうとつ》に何言ってんのよ？」

「いや何かさっきからずっと気になっちゃってさ。早紀っておっぱいかなり大きいじゃない？」

「ま、まぁ、平均よりかはあるかもだけど？」

「だよね？　あれ、って事はさ……早紀のおっぱいを育てた人がいる……って事だよねぇ？」

「は、はぁ？」

私は自分の両手を前に出して広げ、そのままエアでおっぱいを揉み揉みするようなジェスチャーを行った。

まぁ当然ながら早紀は少しあきれ顔をしながら私の方を見てきたけど、でも私は気にせず話を続けた。

「ねぇねぇ？　それって一体誰なのかな？　早紀のおっぱいを育てた人ってさ？　それに一体どうやって揉み揉みされたのかな？　こう……優しく？　それともはげしく？　もしくはこう……赤ちゃんみたいにちゅーちゅーってされたりとか？？　いやん、早紀のおっぱいが他人の手によって好き勝手に揉みしだかれてるなんて私はショックで悲し――」

「変な妄想するなっ」

「あいたっ！」

私が矢継《やつ》ぎ早《ばや》にそんな冗談めいた事を言っていたら、早紀はあきれ顔をしながら私の額に軽くデコピンをしてきた。普通に痛かった。

第二章

chapter 2

A story about how the online game friend who was being provoked was a beautiful with good manners.

ソシャゲのイベントも終わって数日後のとある夜。

「誰かいるかな？」

俺はパソコンに入っている通話アプリを立ち上げて、オンライン状態になっているフレンドを確認した。

するとゴリさんがオンライン状態になっていたので早速チャットを飛ばしてみた。

――暇《ひま》だったらLPEXやりませんか？――

――いいよー、通話いける？――

――いつでもいけます！――

――おｋちょっと飲み物取ってくるから少しだけ待って――

――わかりましたー――

〝LPEX（通称ペクス）〟とは巷《ちまた》で高い人気を誇っている三人一組のFPSゲームであり、ゴリさんと〝#FPSフレンド募集〟のタグで知り合うきっかけとなったゲームでもある。

ちなみにプレイを始めた時期はゴリさんとほぼ同じタイミングだったはずなんだけど、このゲームの上手さは圧倒的にゴリさん＞＞俺だ。

ゴリさんのゲームセンスは異常に凄《すご》い。だってどんなゲームをやらせてもすぐに上手くなる。センスの塊《かたまり》すぎて羨《うらや》ましい限りだ。

まぁ先日の格ゲーとは違ってこちらは協力ゲームだからゴリさんの強さは非常に頼りになるのでとてもありがたい。

……ってゴリさんに言ってみたら「ド下手くそな相方がいるから上手くなっただけだよｗｗ」って返された。コイツほんま格ゲーで絶対にしばき倒すからな。


──お待たせー、通話いくよー──

──了解っすー──

届いたチャットにそう返信するとすぐにゴリさんから個別通話の着信が届いたので、

俺は返答して通話を開始した。

「おつかれっすー」

『ういーっす。今日は他にインしてる人いないね。どする？　テキトーに野良入れてやる？』

「そっすね、そんな感じでいきましょう」

『ん、りょかい』

そう言うとゴリさんからゲームプレイの招待が届いた。俺は早速それを受け取ってゲームを開始した。

対戦のマッチングが始まるまで時間が少しかかるので、その間はゴリさんと雑談をする事にした。

「そういえば」

『んー？　どうしたん？』

「いや、そういえばゴリさん最近ゲーム配信してないっすよね。リアル忙しい感じですか？」

さっきも言ったけどゴリさんはゲームセンスがとてもある人なので、実は配信サイトのTouTubeでゲーム配信をちょこちょこやっていたりもした。

ゴリさんのゲーム配信のチャンネル登録者数は十万人を突破しており、公式から銀の盾を貰《もら》うくらいには人を呼び込んでいた。

最近は全然ゲーム配信はやってないけど、それでもたまにゲーム配信をすれば視聴者は同接で千人くらいは来てくれる。個人でそれだけの人を呼び込めるのは普通に凄い。

『あー、まぁそりゃあアタシだって高三だからね。進路考えたり勉強したり色々と大変なのよ』

「その割には毎日俺とかとゲームやってますけどね」

『これがアタシの唯一の趣味なんだから取り上げないでよ。アタシ死ぬよ？』

「あはは、どんだけゲーム好きなんすか。まぁでも確かに受験勉強ばっかりで疲れてるだろうし息抜きは大事っすよね」

『そうそう。クロちゃんをボコボコにするのが一番のストレス解消になるからね』

「いやぁ、残念でしたねー。このゲームは協力対戦だからゴリさん俺の事を倒せなくて！」

『いやぁ、そんな事ないよー！　クロちゃんに敵の全ヘイトを向かわせてるから大丈夫！　いつもアタシのキルポのためにクロちゃん真っ先に死んでくれてありがとねー!!』

「ぐ、ぐぬぬ……」

〝テメェいつも真っ先に死んでんじゃねぇよカス！〟と〝テメェのキルポいつも貰ってすまんなぁｗｗ〟の二つの煽《あお》りを一気にもらって俺は憤死しかけた。

『まぁ流石《さすが》に受験が近くなったらしばらくはゲームやれなくなると思うし、それまではよろしくね』

「あぁ、了解っす。ちなみにゴリさんって学力どれくらいなんですか？」

『うーん、それなりかなー。まぁでも推薦狙ってるし、そこそこ頑張ってはいる方だと思うよ』

「へー、それは凄いっすね！」

『おや、クロちゃんが信じてくれるなんて意外だねー？　いつもなら〝勉強出来るなんてそんなの嘘《うそ》だろ！〟ってほざいてくるのに』

「いや俺をどんな奴《やつ》だと思ってんすか⁉　ゴリさんと一緒にゲームやってると〝あ、この人頭の回転めっちゃ速いなー〟って思う事結構多いっすもん。だから勉強とかも出来るタイプだって何となく思ってましたからね」

　どんなゲームでもすぐにコツを摑《つか》んで上手くなるタイプの人って基本的に頭良いタイプの人が多いしね。

だからゴリさんの事は普通に勉強出来る人なんだろうなーとは何となく思っていた。

まぁでも現実のゴリさんも素行《そこう》は悪そうだから、内申点低くなってそうな気もするけどそれは言わないでおく。

『あらま、クロちゃんが素直に褒《ほ》めてくるなんて本当に珍しいじゃんー。んで？　そんなクロちゃんは学校の成績はどんなもんなの？』

「俺は平均っすねー。可もなく不可もなくって感じっす」

『あはは、それはそれでクロちゃんっぽいなー。あ、お姉さんで良ければ、いつでもクロちゃんの勉強見てあげるよー？』

「あ、それは癪《しゃく》なんで結構です」

『癪って何でよ⁉』

そんな感じで俺達は対戦がマッチするまでの間雑談を続けていった。


……

……

……

「ちょいゴリさん！　なんでカバーに来てくれないんすか！」

『別チいるのにテメェ何一人で突っ込んでるんだよバカカス死ね！　絶対に生きて戻ってこい！　じゃなきゃ殺す！』

「要求が無茶すぎる⁉」

そしていつも通り喧嘩《けんか》しながらの楽しいペクスが始まりましたとさ。

＊＊＊

ゴリさんと通話を始めて数時間が経過《けいか》していた。

最初の内はお互いに集中していたけど次第にお互いの集中力が切れていったので、今はまったりと雑談をしながらゲームをしていた。

『……あ、そういえばさ、クロちゃんさー』

「んー？　どしたんすか？」

『クロちゃんってさ、デートとかした事ある？』

「あーあるあるめっちゃありますよ、もう毎日のようにしてます」

『嘘乙』

「嘘じゃないし！」

『へぇ？　じゃあクロちゃんは彼女の一人でもようやく作れたって事なんですかねえ？』

「あ、ゴリさん、注射器余《あま》ってたらください」

『無視すんなし！　ほら、注射器落としたよー』

「どもども、あざすー」

いや毎日一緒にゴリさんと通話しながらゲームしてる時点で彼女なんて出来てないし、デートだってしてないのバレバレなんだけどさ。

「でも、いきなりデートとかどうしたんですか？　ひょっとしてゴリさん彼氏でも出来たんすか？」

『いや、そうじゃないんだけどさ。アタシって高三かつ受験生じゃん？　だから今後は受験が控《ひか》えてるわけなんだけどさ』

「はい」

『んでさ、毎日勉強しながら思うわけ。あれ？　アタシの残りの高校生活ってもう青春するタイミングなくない？　ってさ』

「はい」

『それでさ、じゃあ今までの高校生活アタシは一体何してたんだろう？　って思ったわけ』

「はい」

『そしたらさ、アタシの高校生活ってさ……どっかのクソ生意気なキルパク野郎と喧嘩しながらゲームをしてた記憶しかないわけ』

「はい？」

『だからさ、アタシ気になったわけ。そのクソ生意気な野郎がさ、もしリアルでは彼女持ちでデートしまくりで……実は青春しまくりの人生を送ってたらさぁ……ふふ、どうやってぶち殺してやろうかなぁ……？　って考えたわけ』

「物騒《ぶっそう》な事考えてますやん！」

人が真面目に話を聞こうとしたらすぐこれだよ！

『いやぁでも毎日話してて思うけど、やっぱりクロちゃんって女の子にモテる要素ないから安心するわ。これからもそのままのクロちゃんでいてね』

「ちょくちょく俺ディスるのやめてもらえますか？」

結局今日も最終的には俺がディスられる方向の話になっていた。やっぱりこの脳筋《のうきん》ゴリラ許せへん。

「でも意外っすね。ゴリさんって青春したい願望とかあったんすか？」

『あるに決まってるじゃん！　アタシはクロちゃんと違ってモテモテかつ清楚系《せいそけい》で可憐《かれん》な乙女なんだからね？　そんなアタシにこそ青春を送る権利があるでしょ』

「嘘乙」

『あ？』

「い、いや何でもないっす……でもそれなら何で彼氏とか作らなかったんすか？　今までも〝今日告白されちったわー〟って俺に何度もマウント取ってきてたじゃないですか」

『あー、うん、まぁそんな時もあったけどさ』

「でしょ？　ならゴリさんだって青春するチャンスは沢山あったんでしょ？　その人達とは結局お付き合いはしなかったんすか？」

『い、いや、だってさぁ……』

そう言うとゴリさんは少し気まずそうな感じでこう言ってきた。

『……彼氏作って外で遊ぶよりもさぁ、家に引きこもってLPEXしてる方がアタシにとっては至高の時間だったんだもん……』

「……ぷ、ぷはは っ！　そのゲーマー魂が抜けない限りゴリさんには彼氏作るの無理じゃないっすか？　あははっ！」

『ぐ、ぐぬぬっ！　ってか笑いすぎやろオイ！』

「あはは、すいません」

俺がゴリさんの発言に対して大笑いしていると、ゴリさんは悔《くや》しそうにしながら唸《うな》り声《ごえ》をあげた。

『い、いやでもさぁ、仕方ないじゃん。テキトーに彼氏作って外で遊ぶよりもクロちゃんとこうやってしょうもない話しながらゲームしてる方が楽しいに決まってるんだからさー！』

「え、ちょっ、な、なんすかいきなり？　唐突《とうとつ》にゴリさんがデレるとか気持ち悪いんですけど？」

『んー？　そっちこそ声裏返ったけどどうしたん？　ふふふ、もしかしてアタシに惚《ほ》れたのかい？』

「んー、キルパクしてもガチギレしないようになってくれたら一瞬で惚れます」

『あはは、それは一〇〇％無理だ！』

そう言ってゴリさんは大きな声で笑った。

「まぁ高校卒業してからでも青春は十分送れるんじゃないですかね？　それにもうすぐ大学生活が待ってるんですから」

『うーん、それはそうだけどさー。でもなぁ、制服デートとかは一回くらいはしてみたかったなぁ。それだけが高校生活の心残りになりそうかも』

「あー、確かに高校卒業しちゃったら、もう学生服を着る事なんて滅多になさそうですもんね」

『そうなんだよねぇ。仕方ないから今日もイケメンな後輩彼氏との下校デートを授業中に脳内で妄想してたんだけどさぁ……なんだか虚《むな》しくなっちゃってね』

「ぶはっ！　授業中に一体何やってるんですかゴリさん⁉」

『え？　いやなんかさぁ、勉強しなきゃなって思ってたらだんだんと現実逃避に妄想とかしちゃわない？』

「ま、まぁ確かに、俺も彼女が出来たらなぁっていう妄想は男友達としたりしますけど」

『でしょー？　アタシ達女子だってそういう妄想はするもんよ』

「な、なるほど？　そんなもんなんすね」

『あっ！　じゃあさ、クロちゃんが初めてデートをするとしてさ、〝どんな事〟したいとか当然妄想した事あるでしょ？　どんな事したいかあったら教えてよ！』

「〝どんな子と〟したいか？　ですか？」

『そうそう！　クロちゃんは〝どんな事〟したいのー？』

「う、うーん……」

俺は腕を組んで少しだけ悩んだけど、すぐに結論が出てこう答えた。

「うーん、やっぱりあれっすかね？　なんというか、こう……黒髪の三つ編《み》み《あ》おさげでメガネをかけた、図書委員長とか文学少女みたいな感じの女の子がいいっすねー」

『……は？』

「え？」

俺がそう答えると一瞬の沈黙が流れたのだけど……でもすぐにゴリさんは何かを察したように笑い出した。

『……あっ、あぁ！　そういう事ね！　ぷ、ぷぷ、ぷははははっ！』

「えっ……⁉　な、なんすか？」

俺はゴリさんが笑っている理由がわからずに混乱しながらゴリさんに理由を尋《たず》ねた。

『ぶっ！　ぷぷ、ぷははは！　いやクロちゃんそれ、違うって！　あははは！　急にクロちゃんが自分の性癖《せいへき》を語り出したのかと思ってビックリしたじゃん！』

「え⁉」

『しかも割と古風というか、アニメの見すぎというか、クロちゃんの意外な性癖を覗《のぞ》いてしまった気がするよ』

「え？　え？　ど、どういう事っすか？」

俺はまだ自分の間違いに気が付けず、ゴリさんは笑いながらそのまま喋《しゃべ》り続けている。

『あはは！　いやあのね、どんな女の子とデートしたいか？　じゃなくて、どんなデートがしたいかをアタシは聞きたかったんだよっ！　誰もクロちゃんの性癖なんて聞くわけないじゃんって！　あははは！』

「え……あっ！」

『そもそもアタシは制服で下校デートがしたいって言ってるのに、何でクロちゃんは三つ編みメガネの図書委員ちゃんと付き合いたいっていう話をしてるん？　ぷははは！』

そう言われて、俺の間違いにようやく気が付く。

「そ、そういう事か……って、待って俺めっちゃ恥ずかしい事言ってますやんっ！」

『ぷ、ぷははっ！　か、可哀《かわい》そうだから、いつかクロちゃんと会う事があったら……うん、そん時はしょうがないなぁ！　三つ編みにメガネをかけた文学少女スタイルで会ってあげるわ、あははっ！』

「よ、余計《よけい》なお世話っすわ！」

こうして今日もゴリさんに笑われながら夜が更《ふ》けていくのであった。

＊＊＊

あれから数日が経過した。

今は午前中の授業が全て終わり昼休みに入っている。

今日は生徒会の打ち合わせがあるので、俺は生徒会室でご飯を食べている最中なのだけど、若干《じゃっかん》の緊張感があった。何故《なぜ》なら……。

「……（モグモグ）」

「……（モグモグ）」

俺の隣に七種《さえぐさ》先輩が座っているからだ。

今現在、生徒会室にいるのは俺と七種先輩の二人だけだ。先輩も生徒会の打ち合わせ前に生徒会室に来てお弁当を食べていた。

七種先輩と二人きりなんて男子だったら誰もが羨む光景だろうけど、でも俺からしたらそんな憧《あこが》れの先輩と二人きりの状況とか滅茶苦茶《めちゃくちゃ》緊張するんだが。

この学校の生徒会の任期は一年制ではなく、前期と後期の二期制に分かれていた。

そして俺が生徒会に参加したのは一年の後期からだ。もちろん七種先輩も俺が生徒会に参加した時から既に生徒会に所属していた。

　という事で俺は七種先輩とはもう一年近くも生徒会としてのお付き合いがあるわけだから、そこら辺の男子よりもある程度は友好関係は築けていると思うよ？

　でも緊張しないでいるのは絶対に無理だ。もちろんこんな状況で七種先輩と上手く喋れる自信など一切ない。

　某脳筋ゴリラ先輩にこれ相談したら〝童貞脳乙ｗｗｗ〟って一〇〇％煽られるだろうな。

「はぁ……」

「ん？」

　そんな事を考えていると、隣に座っている七種先輩がため息をついてきた。いつも明るい先輩なのでそれはちょっと珍しい光景だった。

「どうしました先輩？　大きなため息でしたよ？」

「え？　あ、ごめんね、うるさかった？」

「い、いえ、そんな事はないです。でも一体どうしたんですか？　何かあったんですか？」

「あ、えーっと、その、ね……」

「ん？」

俺は七種先輩がため息をついている理由を尋ねてみた。するとその理由はとても意外なものだった。

「いや実はね……ここ最近、告白が続いてるんだ」

「ぶはっ⁉」

そんな全男子の憧れの先輩からまさかすぎる回答が飛んできて俺は弁当のご飯を噴き出しそうになった。

「だ、大丈夫？」

「ごほっごほっ！　す、すいません……」

七種先輩は心配そうに俺の背中をさすってくれた。これ他の男子に見られたらとてもヤバイ光景だな……いや今はそんな事考えてる場合じゃないっ！　もっとヤバイ発言が飛んできたのだから。

「ふ、ふぅ……も、もう大丈夫です。すいません先輩」

「そ、そう？　それならよかったけど」

俺は呼吸を整えて、先ほどの七種先輩の発言をもう一度聞き直した。

「い、いえ、そ、それで？　こ、告白って……だ、誰かとお付き合いされる感じなんですか……？」

「え？　あぁいや、告白は告白なんだけどさ、別に付き合ってほしいっていう告白じゃないんだ。告白というよりも報告？　みたいな感じだね」

「え、報告？」

「うん。ほら、私ってもう三年生だし、近い内に卒業するでしょ？　だから、最後の思い出作りってわけじゃないんだろうけど、〝一年の頃から好きでした、お互いに受験頑張りましょう！〟っていう……なんだか報告じみた告白がここ最近ずっと続いてるんだ」

「そ、そうなんですか、なるほど」

七種先輩が滅茶苦茶モテるのはもちろん知っている。

だって去年の文化祭のミスコンで一位を取った時は尋常じゃない数の告白を受けていたのを俺も遠くから見ていたし。

「という事で最近は記念受験みたいな軽いノリで私に告白してくる男子がちょっと多くてね、ちょっと疲れちゃった」

「そ、それはその……お、お疲れ様です？」

モテた事がない俺からしたら天上人のような悩み事であった。

もちろん俺はこれに対する正解の返し方なんてわからないので、とりあえず労《ねぎら》いの言葉を送る事にした。

「あはは、ありがと。でもなぁ、もっと本気で告白してくれれば私も嬉《うれ》しいんだけどなぁ……」

「え？　で、でも、本気で告白したとしても、七種先輩はお付き合いはされないんですよね？」

先輩の七不思議の一つにこんなものがあった。


——七種千紗子《ちさこ》は誰とも付き合わない——


これは七種先輩が入学してから現在まで、どんなイケメンからの告白でも受け入れた事が一度もないという逸話から生まれたものだ。

だから軽い感じの告白ばかりになってしまうのも何となくわかる。七種先輩を攻略する事は不可能なんだと男子は全員言っているのだから。

当然俺もそうだと思っているし。

「え、なんで？　そんな事全然ないけど？」

「……え？」

だから七種先輩のその発言はかなり衝撃的すぎた。

「…………」

「ど、どうしたの？　神木《かみき》君、急に固まっちゃったけど」

「……え⁉　あ、い、いやちょっと待ってください、頭が真《ま》っ白《しろ》になって……！　あ、ち、ちなみになんですけど、告白を受け入れる条件とかはあるんですか？」

俺はしどろもどろになりながら先輩に尋ねてみた。

「条件？　うーん、そうだなぁ……」

七種先輩は指を頬《ほお》に当てながら可愛《かわい》らしく首を傾《かし》げてきた。

「……うん！　やっぱり私と趣味が合う人だったら嬉しいかなー！」

「趣味が合う人ですか、な、なるほど。って、あれ？　そういえば七種先輩の趣味って一体何なんですか？」

そういえば七種先輩の趣味って何だろう？　今までそんな話をした事はなかったから気になってきた。

「ふふ、それを簡単に教えちゃったら条件を付ける意味がないでしょう？」

「あ、ま、まぁそれは確かにそうですよね」

俺がしょぼんとした顔をしていると、七種先輩は柔和《にゅうわ》な笑みを俺に向けながら、さらにこう語りかけてきた。

「まずはお友達から始めて、私の事を色々とゆっくり知ってもらってさ。それで趣味が合ってたら、そこから二人で遊ぶようになっていって、そしてゆくゆくはお付き合いを……っていうのが私の理想なんだ。だから私の顔だけで告白してくる人はちょっとね」

「な、なるほど」

七種先輩の理想の出会い方を初めて聞いたけど、美人で大人っぽい先輩にしては少女漫画っぽい考え方をしているのが少し意外だった。

「まぁそれにさ、私って趣味とかに使う時間の方が多いんだよね。だから彼氏を作って一緒に遊ぶよりも、趣味のために時間をつぎ込みたい！　って思っちゃうタイプなんだよね、えへへ……」

七種先輩はそう言うと少し照れくさそうに笑った。やっぱり美人は恥ずかしそうな顔をしても美人だなと思った。それと……。

「……ははっ」

「うん？　どうしたの？」

それと何だか似たような話を少し前にゴリさんとしたなぁって思ったら、少しだけ笑ってしまった。

「あ、い、いえ。俺の友達も似たような事を言ってたなぁって思い出しただけです」

「へぇ、そうなんだ！　それは何だか嬉しいなー。神木君のお友達とは話が合いそうだなー」

「う、うーん、どうですかね？　あの人と先輩は性格が完全に真逆ですし」

「え、そうなの？　私とは完全に真逆の性格をしてるなんて事ある？　でもそれはそれで面白そうなお友達だね、ふふ」

「まぁ、そうっすね、面白い友達ではあります。しょっちゅう喧嘩してますけど」

「あはは、そうなんだ。でも喧嘩する程《ほど》仲が良いって言うし良い事なんじゃないかな」

「あはは、そうっすよね」

そんな感じで、緊張も解けて先輩と楽しく会話をする事が出来た。

もちろん先輩と話せただけでも十分幸せなんだけど、それでもやっぱり気になる事が一つ残っている。

「でも趣味に時間がかかるのって結構大変ですね。モノ作りとかそっち系の趣味なんですか？」

「え？　うーん、どうだろねぇ？　あ、でも……」

「でも……？」

「よく考えたらさ、私、神木君には趣味の話をした事あるわ」

「え⁉　ま、まじっすか⁉」

「うん、まじっすよ。ボソッと言っただけだから覚えてないかもだけどね」

「え、えっ⁉　ち、ちなみにヒントとかは？」

「ふふ、頑張って思い出してくださいー」

「そ、そんな……！」

そんな衝撃的な発言を七種先輩からもらったお昼休みだった。

もちろんその後の生徒会の打ち合わせはちっとも集中出来なかった事は言うまでもない。

＊＊＊

その日の夜。

『んー？　クロちゃん何かあった？』

「え？　どうしてですか？」

その日もいつも通りゴリさんと通話をしながらゲームをしていた。

『うーん？　なんというか、いつもより機嫌良さそうな感じがするなって』

「え、そうっすかね？　いつもと変わらない気はするんだけどなー」

『そうかなー？　そんな事ないと思うんだけどなー』

「う、うーん……？　いや、というかそもそも何でゴリさんにそんな事がわかるんすか？」

『え？　いやぁ、毎日クロちゃんと話してるからさ、何となくだけどクロちゃんの感情の機微《きび》がわかるんだよねー』

「え、何それすごい、ゴリさん俺マニアじゃないっすか」

『何それ普通に要《い》らない称号なんだけど』

ゴリさんに贈った称号は要らないと一瞬で捨てられてしまった。

『んでー？　何か良い事でもあったんじゃないのー？』

「う、うーん……あっ！　そういえば確かに今日は良い事はありましたわ」

『でしょー？　やっぱりね！　それでそれで？　良い事って何よ？　お姉さんにも恩恵《おんけい》ある話？』

「いやゴリさんには恩恵一切ない話っすね」

『あっ、じゃあどうでもいいや。ペクスすべ』

「ちょいちょい！　今のって俺の良い話を聞く流れちゃうんすか！」

『あーごめん、アタシ他人の幸せ話とか一切興味ない女なんで』

「いやいや、俺達友達でしょうよ！　友達の良い話を聞いて一緒に喜んでくださいよ！」

『ちぇっ、友達だって言われちゃったらしょうがないなぁ。んじゃあ聞いてあげるよ、良い事って何があったのー？』

「えっと実は今日なんですけど、尊敬している人と一緒にお昼ご飯を食べたんですけど」

『え、なになに⁉　もしかしてクロちゃんの好きな人？』

「い、いや、好きな人っていうわけではないんですけど、まぁ気になってる先輩というか。あ、ほら、去年のバレンタインに義理だけどチョコくれたって言った先輩っす」

『あぁ、なるほどなるほど！　そういえば昔そんな話してたよね！　クロちゃんが一年生の頃からずっと気になってる先輩さんだ！』

「う……ま、まぁ、はい。その先輩です」

実は去年のバレンタインに俺は七種先輩から義理チョコを貰っている。

まぁそれは同じ生徒会の仲間という事で〝一年間ありがとう〟という意味で貰えた義理チョコだったんだけど。

それで、当時の俺はそれをめっちゃ喜んでゴリさんに話した事があった。

『あれ？　そういえばあの時は詳《くわ》しく聞かなかったけどさ、その先輩さんってどんな人なん？』

「あぁ、えぇっと、まず見た目は滅茶苦茶美人の先輩で、」

『あーそりゃあクロちゃんには無理だ諦《あきら》めよう！』

「酷《ひど》すぎるっ！」

ゴリさんは速攻《そっこう》で諦めろと勧告してきた。ほんまにこの人は……って思っていたらゴリさんはすぐに言葉を続けてきた。

『嘘嘘！　でも一年生の頃からずっと気になってる女の子なんでしょ？　それなら頑張ってみなよクロちゃんー。三年生になっちゃうと青春なんて出来なくなっちゃうぜー？』

「あはは、それはマジでためになるゴリさんの体験談っすね。いや、まぁでも俺は別に告白しようとかそんな事は思ってないっすよ」

『え、そうなの？』

「やっぱりなんていうか、先輩って凄い美人な方なんで、俺からしたら天上人みたいな人なんですよね。だからそんな人相手にそういうのは気が引けるというかなんというか……うーん、おこがましい的な？」

『えー何それ？　一年生の頃から気になってる先輩なんだからアタックしてみたらいいじゃんー』

「いやそんな簡単に言わないでくださいよ！」

『いやいやアタシいつも言ってんじゃん！　勝負しないでひたすら逃げて負けるくらいなら、ちゃんと勝負してしっかり負けてこいってさ！』

「いやそれゲームの話ですやん！」

なんだか良い事言ってる風だけど、それはゲーム中にゴリさんがよく言うただの口癖だった。

『あ、バレちゃった？』

「いやそりゃバレるでしょ、ほぼ毎日それ言ってんだから」

『あはは、確かにね』

ゴリさんはいつも通り明るい口調で笑いながらそう言ってきたんだけど、でも少し経《た》ってから声のトーンを一つ落としながら落ち着いた口調で俺に話しかけてきてくれた。

『まぁでもさ、さっきクロちゃん〝天上人だから告白するのもおこがましい〟って言ったけどさ、別にそんな事はないいんじゃないかな？』

「……え？」

ゴリさんからそんな言葉が飛んでくるなんて思いもしなかったので、俺はビックリしながら聞き返してしまった。

その話し方は……いや全然違う人なんだけど、何故だか憧れてる先輩に似ていると思ってしまった。

『だってさ、少なくともアタシだったら、男の子が誠心誠意告白してくれたらめっちゃ嬉しいよ？　そんな風に告白をしてくれたらさ、アタシもその告白に対する返事をどうしようか一生懸命考えるもん』

「え、そうなんですか？」

意外にもゴリさんから建設的な意見をもらえたため、俺は再びビックリしてしまった。

でも、七種先輩はどうなのかな？

あの人は告白され慣れてるだろうから、今更告白なんてされても別に嬉しいなんて思わないか。

『うんうん、そんなもんよ。あ、もちろん全く知らない人からの告白とかはマジで怖いから嫌だけど』

「はは、それはそうっすよね」

『あはは｜、あとは超軽い告白なんかしてきたら流石のアタシでも無視しちゃうけどね。でもさ｜、クロちゃんはそんなしょ｜もない男じゃないっしょ？』

「そ、それはまぁ、多分そんな事はしないと思うっすけど」

『うん、それなら大丈夫だ！　それならクロちゃんも頑張ってみなよ！』

「そ、それは、その、」

『ま、どうせ振られるだろうけどさ』

「おいこら」

『あはは、でも別にいいじゃん振られてもさ｜。それも高校生活の良い思い出になるっしょ！』

「ちぇ｜、ゴリさん他人事《ひとごと》だからそんな簡単に言うんだもんな｜」

『仕方ないじゃん｜、実際に他人事なわけだし。あ、でもさ｜』

「え？　でもって？」

俺はゴリさんに聞き返すと、ゴリさんはもう一度大きく笑ってからその続きを喋り始めた。

『もしさ、全力で挑戦して振られたとしてもアタシら《ネトゲ仲間》がいるじゃん！　だから大丈夫だよ、クロちゃんが振られたとしてもアタシらが全力で慰めてやっからさー！　〝オメェら、無謀な勇者が帰ってきたぞー！〟って皆で勇者を受け入れてやっから安心しなよ！』

「ぷはっ、なんすかそれ！　全然嬉しくないんすけど。……まぁでもそっすね、その、なんというか……まぁもし俺が全力で挑戦する時が来るようなら、そん時は色々とアドバイスお願いしますわ」

『おー、いいよいいよ！　困ったらいつでもお姉さんを頼りな！　女心がちっともわからないクロちゃんのために何でも協力してあげっからさ！』

「一言余計っすよ！　まぁでも頼りにしてますよ。……あ、そうだ。ちなみになんすけど」

『んー？　どうしたん？』

「えっと、ゴリさんは彼氏にするとしたらどんな男の人がいいとかあります？　好みというか条件というか」

七種先輩に彼氏にしたい人の条件を聞いたら〝趣味が合う人が良い〟と言っていた。やっぱり他の女の人も同じような条件なのかな？　俺は少し気になったのでゴリさんにも条件を聞いてみる事にした。

『彼氏にしたい条件だぁ？　そんなの一つしかないでしょ！　アタシより強《つえ》ぇ奴だよっ！』

「ハードル高すぎわろた」

確かにこれも広い意味で捉えるなら〝趣味が合う人〟って事になるのかな？　いや微妙に違うか。

『あはは-、だからいつも言ってんじゃん。アタシに一〇先で勝てたらいつでもクロちゃんの彼女になってあげるってさー』

「いやー、俺は先輩一筋なんで遠慮しときますわ」

『ちぇっ、また振られちゃったなー。いやぁ、でもさー、クロちゃんだけだよ？　アタシみたいな超絶美人なＪＫを振る男の子なんてさ』

「ははっ、それは光栄な事っすね」

『何でやねん、あははー』

そう言って俺とゴリさんはお互いに笑い合った。

『まぁさっきの〝アタシより強い奴〟ってのは冗談としてさ、やっぱり彼氏にするなら、一緒に楽しくお喋り出来たり、笑い合えるような人がいいよね。逆にあまり会話が続かないような人はちょっと厳しいよねー』

「な、なるほど、それはそうっすよね」

『んーでもさ、これってごく普通な一般回答の気がするんだけど？　クロちゃん、これ何かの参考になるん？』

「い、いやもう痛い程に参考になってるっす……」

『は、はぁ？　どゆ事よ？』

俺が参考になったと言うと、ゴリさんは怪訝《けげん》そうな声でそう尋ねてきた。

「……ぶっちゃけその先輩と話す時いつも緊張しちゃって、俺上手く喋れてる気が全くしないんすよね。頑張ろうとしても空回りしてる時もあるし」

先日も調子に乗ってゲームで友達ボコったたって嘘ついて、さらに友達はボコるものじゃないって怒られたばっかりだしね。

『え、何それ？　つまりその先輩があまりにも美人すぎて毎回会うと緊張するってこと？』

「まぁ、恥ずかしながらそうです……その先輩去年のミスコンでぶっちぎりの一位を取るくらいには美人なんですよ」

『へぇ、そりゃあ凄いね。でもさぁ、美人相手に緊張して上手く喋れなくなるってクロちゃん小学生じゃないんだからさぁ……』

「グ、グウの音も出ないっす……」

『はぁ、そんなんじゃあ先が思いやられるよ……ふふっ。でもさぁ、そんな感じだとクロちゃんがアタシの顔見ちゃったらきっと緊張して何も喋れなくなっちゃうねー、くすくす』

「ははは寝言は寝て言ってほしいっす♪」

『ははは殺すぞタコ助♪』

そして今日もお互いに煽り散らかす時間が唐突に始まった。

『いやあのさぁ、クロちゃん？　これ前々から言ってるけど、アタシもそれなりに顔良いＪＫだからね？』

「たとえゴリさんが超絶美人な女性だったとしても内面が圧倒的にひど」

『あぁん⁉』

「い、いえ何でもナイデス……」

ヘッドセット越しからでもわかるくらいにゴリさんの圧が半端なかったので途中で言うのをやめた。

「で、でも美人とか綺麗《きれい》とかの褒め言葉って、そういうのは自分で言う事じゃないっすよ？」

『それはそう』

「でしょ？　それなのにゴリさんは自分で自分の事を綺麗だとか美人だって自画自賛してるからちっとも信じられないんすわ」

『それも確かにそう』

「え、ですよね⁉　やっぱりそう思うのが自然っすよね⁉　ってか今更なんですけど、なんでそこまで自分に自信を持てるんすか？」

凄い今更なんだけど、いつもゴリさんが言うこの冗談の自信は一体何処《どこ》から来てるのか気になってしまった。

だから俺は軽い気持ちで聞いてみたのだけど……その答えは至極単純なものだった。

『え？　だって、アタシも取った事あるもん』

「取ったって？　何を？」

『高校で開催されたミスコンの一位』

「……えづ？」

あまりにもビックリしすぎて俺は一瞬意識が飛んでしまった。おまけに変な声で返事をしてしまった。

『……おいこら今の反応アタシに対して失礼じゃない？』

「い、いやだってそれは絶対に嘘でしょ！」

『んなしょうもない嘘つかんて。んー、なんなら、ミスコンの時の写真送ってあげてもいいよ？　クロちゃんは悪用するような人じゃないのわかってるし』

「うぇづ⁉」

ゴリさんの写真⁉　しょ、正直めっちゃ気になる……気になるけど……！

「ぐぎぎ……い、いや……やめておぎます……！」

『あれ、要らないん？　別に遠慮しなくてもいいのに』

「いやでも……個人情報の電子データでのやり取りって意図せずとも流出しちゃう危険性ってあるじゃないすか」

『それはまぁ、確かにそういうのもあるかもだけど』

「それにこの界隈《かいわい》は出会《であ》い厨《ちゅう》とかも多かったりしますし……俺は絶対にしないっすけど、そういうのを悪用する人とかもいるだろうし……だ、だから、そういうのは簡単に送っちゃ駄目なんすよ！」

いやゴリさんの写真とかめっちゃ気になるよ？

でもさ……それがもし万が一画像が流出とかしちゃったら、俺は謝罪してもしきれないから、その提案は遠慮する事にした。

『……はは、確かにその通りだね。うん、じゃあ送るのはやめておこうかなー』

「はい、了解っす」

ゴリさんは少しの間だけ黙った後に穏《おだ》やかな声でそう返答してきた。そしてすぐに今度は笑みを溢《こぼ》しながらこう喋りかけてきた。

『ふふ、でもさ、クロちゃんは今時珍しい硬派な男子だよね』

「それ褒めてるんすか？」

『褒めてるよ、めっちゃ褒めてる』

あんまり褒められてる気はしないけど、まぁゴリさんがそう言うならそういう事にしておくか。

『まぁ、一応言い訳はしとくけどさ、アタシは誰にでも写真とか送る女じゃないからね？』

「え？ そ、そうなんすか？」

『うん、この人なら〝絶対に大丈夫！〟って人にしか送るつもりはないよ？ だからさ、アタシはクロちゃんの事をすっごい信頼してるって事だね』

「そ、そりゃあまぁ、信頼してくれるってのは嬉しいっすけどね」

ゴリさんの言葉を聞いて俺は若干照れくさい気持ちになりながらそう返事をした。

『あはは、でもさー、気が付いたらクロちゃんとの付き合いも二～三年くらい経ってるんだよね。そりゃあちっとは信頼するくらいの間柄になってるわね』

「確かに言われてみればゴリさんと出会ってからもうそんなに経ってるんすよね。あはは、あの頃が懐《なつ》かしいなー。最初の頃はお互いによそよそしい感じだったのが今じゃあ嘘みたいっすよね」

『あぁ、そんな時期もあったねー。あーあ、昔のクロちゃんは大人しくて良い子だったのになー』

「んなのお互い様っすよ。あーあ、昔のゴリさんはもう少し素直で大人しいお姉さんだったのになー」

『いや今でもアタシ素直で大人しい女の子やろ？』

「ははお戯《たわむ》れを」

『戯れてねぇよ！』

俺が笑いながらそう言うとゴリさんはキレながらそうツッコんできた。

「あはは、いやでもゴリさん。残念っすけど、大人しくて素直な女子はゲーム中に〝バカカス死ねタコ〟って仲間に向かって連呼《れんこ》しないんすわ」

『え？　いやでも待ってクロちゃん、ちょっと話聞いてよ』

「は、はい？」

『それだけ聞くとさ、アタシただの暴言厨にしか見えないじゃん？』

「はい」

『でもさ、アタシが暴言を吐く相手は信頼してる人だけなんだよ？』

「……はい？」

『この人なら〝絶対に大丈夫！〟って人にしかアタシ暴言吐かないよ？　だからさ、つまりアタシはクロちゃんの事をすっごーく信頼してるって事だね！』

「おいこら待て」

『あ、ちなみにだけどアタシが暴言吐くのはクロちゃんにだけだよ？　どうよ？　逆にもっと喜んでくれていいんだよ⁉』

「どうしようちっとも嬉しくないんすけど」

『え⁉　クロちゃんって貶《けな》されると喜ぶタイプの男の子じゃなかったの⁉』

「俺ドエムじゃないんですけど⁉」

勝手にドエム認定するんじゃない！　あとそんな特別扱いは流石に嫌だわ！

『あはは！　やっぱりクロちゃんは面白いなー。……あ、昔話してて思い出したんだけどさ』

「全くもう……ん、思い出したって何をっすか？」

『うん、あのさー、最近〝あたぎさん〟見かけないんだけど、あの人今どうしてんだろ？』

「そういや最近全く見てないっすね」

〝あたぎさん〟とは、ゴリさんと同じく〝#FPSフレンド募集〟で知り合ったゲーム仲間の一人だ。

あたぎさんは関西出身の女性で、当時（二～三年前）は大阪の専門学校に通う学生だった。

年齢もそこまで離れているわけでもなかったし、年下の俺とゴリさんにも親しく接してくれていたので、当時は俺、ゴリさん、あたぎさんの三人固定でペクスをする事が一番多かった。

「最後に通話したのって、三～四週間くらい前でしたっけ？　仕事忙しいのかな？」

『そうかもね。確かに最後に通話した時に〝仕事が終わらなくてヤバイ……〟って言ってたわ』

そんなゲーム仲間のあたぎさんも社会人になってからはあまりゲームはやれなくなってしまい、土日休みとかに時間が合えば一緒にやるくらいの頻度《ひんど》になっていた。

それでも少ない時間であっても一緒に遊ぶ時は昔と変わらず気さくに遊んでくれる優しい人だ。

「仕事が片付いたらまた遊びにきてくれますよ。その時はまた三人で固定組んで遊びたいっすねー」

『そうだねー。まぁでもアタシも受験勉強で忙しくなってくるから、その時はアタシの方があんまりイン出来なくなってるかもなー』

「いやそれは仕方ないっすよ、ゲームよりも勉強の方が大事ですしね。俺もあたぎさんも、ゴリさんが第一志望の大学に受かるように祈ってますよー！」

『お、それは嬉しいなー。あ、あとついでにさ、もしアタシが全然イン出来なくなった時に、あたぎさんが帰ってきたら、アタシは元気に勉強頑張ってるから全然イン出来てなくても心配しないでねって伝えといてくんない？』

「あ、了解っす！　あたぎさんが帰ってきたら俺の方から伝えときますね！」

『うんうん、ありがとうね！　クロちゃん！』

「いえいえ！」

そう言ってこの日はゴリさんからあたぎさんへの伝言を託《たく》されたのであった。

第三章

chapter 3

A story about how the online game friend who was being provoked was a beautiful with good manners.

――ぴこんっ♪

「ん？」

次の日の夜。

俺はいつも通りパソコンでネットサーフィンをしていたら、チャット・通話アプリの通知音が鳴った。

なので俺はメッセージを確認するためにアプリを起動した。

――やっほー――

非常に簡素なメッセージだったけど、でもその人らしいチャットだった。

「お、ペコさんじゃん」

――ばんわーっす――

――うん、こんばんは。良かったら今からLPEXしない？――

――いいっすよー――

――ありがとー。通話はいけるかな？――

――いけますー！――

俺がそうチャットを送ると数秒後に相手から通話の着信が届いた。

なので俺はそれを受け取り、相手とボイスチャットを始めた。すると俺のヘッドセットから通話相手の女性の声が聞こえてきた。

『クロ君こんばんはー』

「ペコさんこんばんはっすー。何だか久々ですねー」

『うん、確かに久々だね。ちょっとここしばらくは親友の結婚とか、義理のお兄さんの結婚とかが続いちゃってさ、中々ネットにイン出来なかったんだよね』

「あ、そうなんですね。やっぱり二十～三十代になると周りの結婚ラッシュ（？）みたいなのが始まるんですかね」

『うんうん、本当にラッシュが来ちゃったよー。そのおかげでここ数ヶ月はご祝儀代で生活費が大変な事になってるよ』

「へぇ、いやそれはめっちゃ大変っすね……でも結婚かぁ。俺もいつか結婚とかしてみたいっすわ」

『あはは、クロ君に結婚はまだまだだいぶ先の話じゃないかなー？　まぁ学生の内はそんな遠い将来の事を考えるよりも、今目の前にいる友達と目一杯遊んだ方が良いよ！』

「そうっすね。それじゃあ今日は友達のペコさんと目一杯遊びますわ！」

『うんうん、それで良し！　じゃあ今日もよろしくねー』

「はい、よろしくお願いします！」


という事でこの通話相手の女性はペコさん。

職業はイラストレーター兼主婦をやっている三十代の女性だ。

元々は関東出身の方なんだけど旦那さんが関西の方で、数年前にその旦那さんとの結婚を機に旦那さんの勤務先である関西へと引越していった。なので今は兵庫県の神戸市に住んでいるらしい。

そしてそんなペコさんなんだけど、実は俺やゴリさん、それと以前話題に出てきたあたぎさんが参加しているLPEXのクラン及《およ》び通話グループのまとめ役をやっている。

ちょっとだけカッコいい言い方をすると、ペコさんは我々を束《たば》ねるクランマスターという事になる。ちなみに副マスターはあたぎさんが担当している。

クランの運営方針については、強さを求めるガチクランではなくて、まったりと気楽に遊べるようなゆるいコミュニティを心がけようという方針で運営されていたので、比較的ライトな層でも気軽に参加しやすいのが長所なクランだった。

さらにここはマスターも副マスターも女性が担当しているので、同じ女性プレイヤーの人達からしたら安心出来そうなクランとして参加する女性プレイヤーが結構多く、このクランの男女比は大体半々くらいとなっていた。

まぁでも、やっぱりこれだけ男女比が均衡《きんこう》していると、出会《であ》い厨《ちゅう》やセクハラ発言、さらには不愉快な嫌がらせ行為をしてくるネット住民は少なくない。

でもそういう不愉快な存在に関してペコさんは見つけ次第容赦《ようしゃ》なくキッチリと追放していってくれるので、クランメンバーはペコさんの事をとても頼りになるクランマスターとして信頼していた。

まぁでも、ペコさんは出会い厨を全て否定しているのかというと、別にそういうわけではなかった。

今時ネット恋愛とかは普通の時代だから、しっかりと友達としての関係性を築いているなら、そこからクラン内で恋人に発展させたりするかどうかはご自由にというスタンスのコミュニティとなっていた。

ちなみにそんな感じの方針なのでクラン内で仲良くなって結婚までいったカップルも一組だけいたりする。

という事で、そんな感じの和気あいあいとしたまったりクランに俺やゴリさんは所属していた。

ちなみに俺がこのクランに参加した理由は、今から二年以上前、その頃から既にゲーム友達になっていたあたぎさんからこのクランに誘われたから参加してみた、というだけの理由だ。


「あと一人誰呼びます？　って、言っても……今誰もインしてないっすね……」

『まぁ今日は平日だししょうがないよ。クランメンバーはほぼ全員社会人だしね』

「そうっすね。それじゃあどうします？　あと一人は野良入れてやります？」

『あぁ、いや、私だいぶ久々だからさ、ちょっとデュオで遊ばない？　いきなりトリオでやっても私足めっちゃ引っ張っちゃうと思うから、それだと野良の人に申し訳ないしさ』

「了解っす、それじゃあデュオで遊びましょうか！」

『うん、ありがとー。それじゃあゴメンだけど私のリハビリに付き合ってくれー。あ、招待送ったからねー』

「あはは、了解です！」

そう言うとすぐにペコさんからデュオの招待状が届いたので、俺は早速それに参加した。

という事で今日は久々のペコさんとのデュオLPEXが始まった。

＊＊＊

『あー、本当にごめんっ！　私が先落ちしたせいだぁっ!!』

「いやいや全然っすよ！　ナイファイっす！」

今の戦闘はラスト二パーティにまで生き残れたのだけど、最後の戦闘で負けてしまい、惜しくも二位という結果で終わった。

という事で既にペコさんとデュオを始めて一時間くらいが経過《けいか》していた。

今日はペコさんのリハビリという事でカジュアル戦でまったりと遊んでいた。

「いやでもペコさん全然腕落ちてないっすよ。当《あ》て感《かん》とか全然鈍《にぶ》ってないですもん」

『そう言ってもらえると嬉《うれ》しいよ。でもやっぱり集中力とかはかなり落ちてるよ。まぁそれは歳《とし》だからってのもあるけどさ、あはは』

「いやいや、ペコさんまだ三十代じゃないっすか。まだまだめっちゃ若いじゃないっすか」

『おっとー？　滅茶苦茶《めちゃくちゃ》若いピチピチの高校生男子にそんな事言われてもちっとも嬉しくないぞー？？』

「い、いやまぁその……えへへ」

『笑って誤魔化すなー！　いやまぁ別にいいんだけどさ。それにしてもクロ君は始めたての頃と比べたらLPEXめっちゃ上手くなったよねー』

「え、そ、そうですかね？」

『うんうん、そうだよー！　クロ君と初めて一緒にプレイした時は私の方が多少は上手かったはずなのにさ、今じゃあもうクロ君の足元にも及ばないもんー』

「まぁ流石《さすが》にプレイ時間の総量が全然違いますしね。でもペコさん達は皆働いていたり家事とか育児で大変ですから仕方ないっすよ」

『まぁそれは確かにねー。もうこのクランを結成して相当長い年月が経《た》ったし、メンバーも気づいたらほぼ全員社会人になっちゃったもんねぇ』

「今やもう、あの〝あたぎさん〟も立派な社畜になってますしね」

『そういやそうだよね。いやーあの子も立派な社畜になっちゃったなんてねぇ……いや時が経つのは早すぎるよー』

ペコさんがあたぎさんの事を〝あの子〟と呼んでる事からわかるように、ペコさんとあたぎさんはだいぶ昔から交友があるらしい。

ちょっと前にあたぎさんから聞いた話だと、今から六〜七年前にオタ活をしてた時に知り合った同士らしく、当時お互いの好きなアニメ作品について徹夜で語り合った日から今日に至るまでずっと仲良しらしい。

『……って、あれ？　そういえばクラメンでまだ学生なのって、もうクロ君とゴリちゃんの二人だけだっけ？』

「あぁ、はい、そうですよ。もう現状のメンバーで残ってる学生組は俺とゴリさんの二人だけですね」

『ありゃ、そっかそっかー。それはだいぶ人が来なくなっちゃって学生組の二人には寂《さび》しい思いさせちゃってるかもねぇ……』

「いやもう全然気にしないでくださいよ。逆に先輩の皆さんが社会人でめっちゃ忙しい思いをしてるってのに、そんな中で俺は超絶暇《ひま》な高校生ですからね。もう毎日忙しくしてるクラメンの皆には申し訳ねぇなぁ……って気持ちでいつも楽しくゲームやらせてもらってますわ！」

『ぷはは、いいよいいよ！　私達の事なんか全く気にせずさ、暇な学生の内に沢山遊んどいた方が絶対にいいからね！　だからゴリちゃんとも学生同士仲良く遊びなね！』

「ええ、もちろんっすよ！」

　という事でこの日は久々にペコさんと色々な雑談をしながら深夜一時くらいまで一緒にゲームをして遊んでいった。

＊＊＊

ペコさんと久々にゲームをしてから数日が経過した。

今は学校の休憩時間中だ。

「はぁ……」

「どうしたの？」

俺がため息をつきながらスマホを眺《なが》めていると、友人の志摩《しま》が後ろから声をかけてきた。

「んー？　あぁ、志摩か。いやここ最近パソコン周りの調子が悪くてさ。もうそろそろ新しいの買わないといけないんだろうけど……その出費がなぁ……」

「あぁなるほど、それは大変だね。パソコン周りって事はキーボードとかそういうのかな？」

「そうそう」

ここ最近ゴリさんや他のフレンド達はリアルが忙しいようでネットにインしてこなかった。

だからこの数日間はソロでランクマ周回をしていたんだけど、キーボードやマウスなど周辺機器の調子が悪い事に気が付いた。

なので昨日はパソコン周りの掃除や点検をずっとしていたんだけど、思っていた以上にキーボードやマウスにガタがきているようだった。

キーボードのＷＡＳＤキーはだいぶへたっているし、マウスも左クリックが反応しづらくなっている。

まぁでも当然だよな。だってこれらを買《か》い揃《そろ》えたのは今から二～三年前だし、それからほぼ毎日使ってるわけだしさ。もうそろそろ寿命なのかもなぁ……。

（あ、そういえば）

消耗品という意味で言えば、俺が今使ってるヘッドセットもその頃に一緒に買ったやつだ。

もしかしたらあれにもガタがきてるかもしれないな。今度誰かと通話する時に俺の声が聞き取りにくいとかあるか確認してみよう。

「ゲーム用の製品って何となくのイメージだけど、買い替えるのって結構お金かかりそうだよね」

「あぁいや、ゲーム用って言っても価格帯は高いのから安いのまで幅広くあるからさ。

ただし上の価格帯は青天井っていうだけで……」

「あ、あぁ、なるほどね」

パソコン本体もそうなんだけど、その周辺機器も値段はピンキリだ。

安い物は滅茶苦茶安いし、高い物は滅茶苦茶高い物まで幅広い製品が売られている。

そしてもちろん高い物の方がスペックは良い。まぁ俺が実際にそれを購入出来るかは別問題だけどさ……。

という事で俺はスマホで〝ゲーム用 パソコン 周辺機器 オススメ〟で検索をかけて色々なオススメ製品を眺めていたというわけだ。

そしてそんな俺の様子が気になったようで、志摩もそれらの製品に興味が出てきたようだ。

「ねぇ、僕にもそれ見せてもらっても良い？」

「んー？ あぁ、いいよ。ほらよ」

「ありがと。へぇ、マウスだけでもこんなに種類があるんだね！ どれどれ……」

俺の見ていたスマホを志摩に渡すと、志摩は興味深そうに俺のスマホを眺め出した。

「へぇ、こっちのはプロ仕様のマウスかぁ……って高っ⁉ これ一・五万円もするの⁉」

「あぁ、高いのはそれくらいするんだよ。あ、流石に俺が使ってるのは二千円ちょいくらいの普通のやつだからな」

「な、なるほど、本当にピンキリなんだね」

志摩は驚いた様子だった。

俺も初めて見た時は高っ⁉　って思ったけどゲームをやり込んでる今となっては滅茶苦茶欲しい……‼　って思いながらバイトを頑張る日々だよ。

「うーん、それにしてもマウスだけでこんなに種類があるなんてビックリだよ」

「俺も初めて調べた時ビックリしたな」

「だよねー。でもこれだけ種類が多いとさ……どれを買えば良いかわからなくなんない？」

「そう、それなんだよっ！　種類が本当に多すぎるんだよなぁ……」

という事で俺が悩んでいる一番の理由はそれだった。

多分誰しもが通る道だと思うんだけど、今の俺には一体どれを買えば良いのかわからない問題が発生していた。

いやもちろん用途はゲーミング用なんだから、性能は高ければ高いだけ良いに決まってるんだけど、普通の高校生に出せるお金なんてたかが知れてるからな。

高校一年の時からバイトをしてるから多少の額なら出せない事はないけど、それでもかなり高価な製品を買うなんて事は流石に出来ない。ちゃんと価格とスペックを吟味《ぎんみ》しなければ……！

ちなみに前回（二～三年前）に買った時は、某ネットショップでレビューが何となく良さそうで安価な製品をポチっただけだ。

でもまた長期間使い続けるんだとしたら、今度はしっかりと色々な製品を見てから、自分に合った製品を購入した方が良いよなー。

（うーん、そこら辺が難しいんだよなぁ……あっ）

そういえばゴリさんってゲーム配信もしてたし、パソコン環境とか周辺機器とかにも詳《くわ》しそうだよな。今度通話する時にそういう話を聞いてみようかな？

購入する時の判断材料とか聞いておけば実際に買い物する時に役に立ちそうだし。

「ふぅん、なるほどねー。あ、玄人《くろと》君ありがとう、スマホ返すね」

「あいよ……って、うん？」

志摩からスマホを受け取って画面をオフにしようとしたその時、ふとその画面に表示されている文章に目が留まった。

「……なになに？　〝パソコンショップ秋葉原店　新装セール開始！〟……へぇ、何だか楽しそうだなぁ」

それは先ほど俺が見ていたパソコンショップのサイトに掲載されているお知らせだった。

「ふぅん？　そこは玄人君がよく行くお店なの？」

「いや、知らないお店だよ。ってか俺アキバに行った事ないからな」

「あれ、そうなの？　なんだか意外だね、ゲームとか好きなのにさ」

「いつか行ってみたいなーとは思ってるんだけどさ、中々行く機会がなくてな」

俺も（一応）関東在住だしアキバにも興味はあるんだけど、今まで一度もアキバに行った事はなかった。

もちろんゲームは大好きだし、漫画とかのサブカルも大好きだから、いつかアキバに行ってみたいという願望は昔からあった。

でも休みの日はバイトか家でゲームをする怠惰《たいだ》な日々を送っていたおかげで、今現在に至るまで行く事は一度もなかった。

あと単純にアキバって微妙に遠いんだよなぁ……だから一人で行くのが億劫《おっくう》だったたってのも理由の一つだ。

（まぁでも……これもちょうどいい機会だし、近い内に行ってみようかな）

パソコン周りの機器を購入していかないといけなくなったし、これを機に初めてのアキバ遠征でもしてみようかなと思いながら俺はスマホをしまった。

＊＊＊

「んー、今日もゴリさんはいない感じかな？」

その日の夜。俺はいつも通りパソコンを立ち上げてすぐに通話チャットアプリを開いた。

そしてアプリ内にオンラインで表示されている名前を確認していったが、今日もゴリさんはオフライン状態になっていた。

「ま、勉強とかで忙しいよな」

ゴリさんに聞いてみたい話があったんだけど、受験勉強の方が絶対に大事だしな。

ゴリさんに暇な時間が出来てまたネットに帰ってきてくれたら、その時にパソコン周りについての相談をしてみよう。

「その前に自分で色々と調べなきゃな……って、あれ？」

という事で今日は検索エンジンのグルグル先生を使って、キーボードやマウスなどのオススメ製品をひたすらと調べる日にしようとしたのだけど……その時、ある珍しい人がオンライン状態になっている事に気が付いた。

〝atagi：オンライン中〟

「あ、あたぎさんいるじゃん！　珍しいなー」

そこには何と一ヶ月近くも失踪《しっそう》していたネトゲ仲間がオンライン状態で表示されていた。

――あたぎさんー！　久しぶりっすね！――

俺は懐《なつ》かしい気持ちと嬉しい気持ちになりながらも早速チャットを飛ばしてみた。するとすぐにあたぎさんから返信が来た。

――おー、クロ君おひさ！　元気してた？――

――めっちゃ元気っすよ！　あ、暇だったら何か一緒にやります？――

——何かって何よｗｗ　まぁいいよやろう！　通話しても良い？——

——おｋっす——

そんな感じで軽くチャットでやり取りを行った後、あたぎさんからすぐに通話の着信が届いたので、俺はそれを受け取った。

『クロ君おつおつー』

「お疲れっすー！　あたぎさんめっちゃ久しぶりっすね！」

『あはは、ホンマやねー』

以前も言ったように、あたぎさんはゴリさんと同じく〝#FPSフレンド募集〟で知り合ったゲーム仲間の女性だ。

当時のあたぎさんは大阪に住んでいる十代後半の専門学生で、暇な時間があまりにも多すぎるからゲーム友達を探していたと言っていた。

あたぎさんの喋《しゃべ》り口調は、ゴリさんと比べると若干《じゃっかん》ハスキーボイスで落ち着いた雰囲気なので、会った事はないけど大人なお姉さんという印象がある。

でもそんなあたぎさんとは年齢もそこまで離れているわけでもなかったし、年下の俺やゴリさんにも親しく接してくれていたので、当時は俺、ゴリさん、あたぎさんの三人固定で一緒にゲームをやる事が多かった。

　それから数年経った現在では二十代前半の社会人となり、ゲームをする頻度《ひんど》はだいぶ減ったけど、それでも空いてる時間は俺やゴリさんと一緒にゲームをしてくれる優しい人だった。ただし仕事が繁忙期とかになってしまうと頻繁《ひんぱん》にネットから失踪するんですけども。

「大体一ヶ月ぶりくらいですかね？　今回の失踪理由も仕事関係ですか？」

『うん、そうそう。いやぁめっちゃヤバいわ、禿《は》げそう。ってかもう禿げたわ』

「あ、あはは……社会人は大変っすね。あ、でも俺もゴリさんも結構心配してたんすよ？」

『あ、それは本当にごめんねー、こんな長い期間失踪しちゃってさ。って、あれ？　そういやゴリちゃんどしたん？　オフラインなんて珍しいじゃんね？』

　そう言うとあたぎさんは怪訝《けげん》そうな声で俺に尋《たず》ねてきた。

「ゴリさん今年受験生なんでここ最近は勉強とかで忙しくてインはあまりしてないっす」

『そういやそうやったね、ゴリちゃんって今高三やもんね！　確かに今の時期は勉強とかで大変そうやねー』

「はい、そうっすね。それでゴリさんからの伝言なんですけど〝あんまりイン出来なくなるかもしれないけど、元気にやってるんで心配しないでね〟との事です」

『うんうん、了解。いやー、受験勉強めっちゃ頑張ってほしいねー！　行きたい大学に是非とも受かってほしいわ！』

「本当にそうっすよね。そんでゴリさんが無事に帰ってきたらまた三人でペクスしたいっすね！」

『うんうん、また皆でやろーね！』

　あたぎさんは楽しそうに笑いながらそう言ってくれた。うん、俺もまた三人で固定チームで遊べる日を楽しみにしておこう。

「でもこれだけ長い間失踪したのって今回が初めてじゃないっすか？」

『うーん、そういえば確かに？　一ヶ月近くインしなかったのは今回が初めてかもね？』

「ですよね。そんなに今回の仕事は大変だったんすか？」

『実は先輩社員が突然辞《や》めちゃってね、しかも引継《ひきつ》ぎも何にもなしでさ。そんでね、そのしわ寄せが全部私に降りかかってきたんよ……もう死ぬかと思ったわ』

「そ、それは何というか……災難でしたね」

『ほんまによ全く……！　しかもそのせいで今月の関西勢のオフ会に参加出来んくて泣きそうになったわ』

「いやそれは確かに泣きたくなるっすね……ん、あれ？　ってか今更っすけど関西勢ってオフ会とかしてるんすね。クラメンの人達とですか？」

『うん、そうそう。仲の良い関西勢の人達と時々会ってご飯食べる会だよー』

「なるほどー、なんだかオフ会って面白そうっすよね！　俺はそういうのした事ないんでちょっと羨《うらや》ましいっす！」

『あ、そうなんや？　うんうん、面白いよー！　……って言っても、飲兵衛《のんべえ》しか集まらんから基本的にはただの飲み会なんやけどさー、あはは』

「あたぎさんも飲兵衛なんすか？　って、あれ？　つい最近まであたぎさんも十代だったはずですけどねー？」

『んー？　んふふ……』

「あ、色々ともう察しましたわ」

『えへへー、クロ君は賢い子で助かるわー！　あ、でも未成年飲酒はしちゃ駄目よー』

「ははっ、それはもちろん了解っす。いやーでもいいっすよね！　関西勢のオフ会とか何となく楽しそうだなー」

『うんうん、楽しいよー！　クロ君も関西に来る事があったらいつでも言ってね。関西勢の皆でおもてなししてあげるからさー』

「それは嬉しいっすね！　もし行く事があったら是非是非！」

『任せときなー！』

そんな感じで、久々のあたぎさんとの通話は関西勢のオフ会の話で盛り上がっていった。

＊＊＊

「そういえば関西勢のオフ会ってどこら辺でやってるんですか？」

『んー、基本的には大阪集合やなー。新地とか心斎橋とか難波とか、まぁ飲み屋があればもう何処《どこ》でもええやんっていう軽いノリでいつもやっとるよー』

「へ、へぇ、なるほどー？」

『あはは、クロ君何処だよそれ？　って声出しとるやん』

「えっ⁉　あ、あはは……」

聞いてみたけど普通にわからない地名だったので、とりあえず相槌《あいづち》だけは打ってみたんだけど一瞬でわかってない事がバレた。

まぁ多分だけど都内で言う所の新宿とか渋谷みたいな所なのかな？

「あ、でも難波ってあれでしたっけ？　グリコの看板がある所ですか？」

『おー、そうそう！　なんやクロ君こっそりと大阪の勉強しとるなー？　あははっ、そんな勉強熱心なクロ君には今日から大阪マスターの認定をしといたげるわ！』

「いやなんすかその称号、大阪マスターになんてなれないっすよ」

という事であたぎさんからよくわからない称号を貰った。

『ま、話戻すけどや、もしこっちに遊びに来る事があれば気軽に言ってなー』

「はい了解っす！」

『それとももし何処か行きたい所とかがあったら先に言ってな？　知ってる所なら案内とか出来るかもしれんし』

「行きたい所っすか？　うーん……あ、でもとりあえず大阪のゲーセンには行ってみたいっすね！」

『は？　ゲーセン⁇』

「はいっ！」

俺が行きたい場所として真っ先にゲーセンを挙《あ》げると、あたぎさんは大きな声で笑い出した。

『あ、あははは！　何やそれ！　観光地と全然違うやんっ！　クロ君はほんまにゲーム大好きっ子やなぁ』

「そりゃあ生まれてからずっと大好きっ子ですからね。いやでも知らない土地のゲーセンって何だかワクワクしませんか？　俺はめっちゃするんすけど」

『いや私もその気持ちはわかるよ。じゃあもしクロ君がこっちに遊びに来る事があったら日本橋《にっぽんばし》でも案内しよか？』

「え？　にっぽんばし？　にほんばしじゃなくてですか？」

今度はさっきとは違って俺の知ってる地名が登場してきた。

でも俺の知っている読み方と微妙に違ったので違和感が凄《すご》かった。

『あー、そういや東京のは〝にほんばし〟って言うんやっけ？』

「にほんばしって呼びますね。大阪にも同じ地名があるんすか？」

『こっちのは〝にっぽんばし〟って呼ぶんよ。同じ日本かつ同じ地名なのに、読み方だけが違うってめっちゃ変やんなぁ？　あはは』

「あはは、確かに違和感凄いっすね。でもなんで漢字同じなのに読み方違うんすかね？」

『いや知らんし、大阪マスターなんやから自分で調べとき！』

「んな無茶な」

『あはは、ほんで理由がわかったら私にも教えてなー』

「はは、わかりましたよ。それで？　結局日本橋ってどんな所なんすか？」

日本橋の読み方についてはまたいつかという事で、とりあえず先ほどの話に戻した。

『んー？　あぁ、すっかり忘れてたわ！　えっとなぁ、大阪の日本橋は東京で言う所の秋葉原みたいな場所なんよ』

「えっ⁉　大阪にもアキバみたいな所あるんすか！　何それ絶対に面白そうな所じゃないっすか！」

『うんうん！　クロ君の大好きなゲーセンもあるし、パソコンショップにホビーショップや本屋もあるし、もちろんメイドさんもおるでー』

「いやそれもう完全にアキバですやん！」

『あはは、まぁもちろん規模はアキバに比べたらめっちゃ小さいけどなー。それでもクロ君なら楽しめると思うよー？』

「へぇーそれ良いっすねー！　そういう所を巡《めぐ》るの楽しそうだな……あっ！」

『ん？　どうしたのクロ君？』

「す、すいません、パソコンショップとかの話が出てきて今更思い出したんすけど……そ、そういや今俺が使ってるキーマウ類が調子悪い事すっかり忘れてましたわ……」

久しぶりのあたぎさんとの会話で盛り上がってしまい、俺のキーボードやマウスが調子悪い事をすっかり忘れてしまっていた……いや、一緒にゲームしようって誘っておいて何してるんだ俺は！

『ちょいちょーい！　何かゲームやるんやなかったんかい！』

「だ、大丈夫っす！　コンシューマーゲームなら出来るんで……って、そうだ！　そういやあたぎさんあの新作ゲーム買いました？」

『あの格ゲーやろ？　もちろん買ったよー。あ、そういやクロ君さ、ゴリちゃんに格ゲーでボコボコにされたんやってな？』

「えっ⁉　な、何で知ってるんすか⁉」

『え？　やってゴリちゃんトイッターで嬉しそうに呟《つぶや》いてたで？　完勝したスクショのオマケ付きでな。あの対戦相手ってクロ君の事やんな？』

「……あ、あんの脳筋《のうきん》ゴリラほんま……！」

いつの日か必ずあの脳筋ゴリラにわからせてみせるからな……。

『あはは、ほんなら今日は格ゲーやろか？　私ならブランクめっちゃあるし、クロ君と良い勝負になるんやない？』

「是非ともお願いします！　マジでいつかあの脳筋ゴリラ倒したいんで、その特訓に付き合ってほしいっす！」

『うん、了解了解。ゴリちゃんへのリベンジ頑張ってなー、応援しとるよー』

「あざっす！」

という事でこの日はあたぎさんと雑談をしながら格ゲーをしていった。

ネット対戦の合間にもあたぎさんの仕事の話や、趣味の話とかで盛り上がった。そして一番盛り上がった話は、やっぱりオフ会の話だった。

（オフ会かぁ、楽しそうだなー）

今までオフ会とかそういうのはあんまり考えてこなかったんだけど、あたぎさんとの会話でそういうのにも興味が出てきた。

実際に大阪に行く事があるかはわからないけど、もしいつか行く事があったら、その時はあたぎさん達関西勢に連絡してみようと思った。

＊＊＊

授業終わりの放課後、俺は生徒会の打ち合わせがあったので生徒会室に来ていた。

打ち合わせ自体は一時間程度で問題などもなく無事に終わり、そのまま今日の仕事がない役員達は順次帰宅している所だった。

俺も今日は仕事は何も残っていないのでこのまま帰ろうかなと思って席を立ち上がった。

（ん？　あれは……）

席を立ち上がりながら背伸びをしていると、少し離れた席に七種《さえぐさ》先輩が座って何か作業をしている事に気が付いた。

そしてそんな七種先輩は今日は珍しくメガネをかけていた。

（うーん、メガネ姿の先輩も良いなー）

俺はそんな珍しいメガネ姿の先輩が見られてテンションが上がったわけなんだけ……いや、そんな事思ってる場合じゃないだろ。

七種先輩が何をしているのかをチラッと見てみると、手前に置いてあるノートパソコンに向かってカタカタと文章を打ち込んでいる所のようだった。

（……よしっ！）

　俺は帰宅する足を一旦止めて、そのまま先輩の方に近づき声をかけた。

「あ、先輩、お疲れさまです。打ち込み作業とかなら俺がやっておくんで先に帰ってもらっていいですよ？」

　俺はパソコン作業をしている七種先輩に向かってそう声をかけると、七種先輩は柔和《にゅうわ》な笑みを浮かべながら俺に手を振ってきた。

「ううん、大丈夫だよ、自分の仕事だしね。神木《かみき》君も今日のお仕事はもうないようだったら先に帰っちゃって大丈夫だよ」

「え？　で、でも」

　七種先輩は生徒会では書記を担当している。

　俺の学校での書記の役割は、体育祭・文化祭など各学校行事の告知やポスター作成、あとは毎月発行している生徒会新聞の作成などになっている。ようはパソコンを使う作業が主な仕事内容だ。

「で、でも先輩も受験勉強とかで忙しいんじゃないですか？　それにこれくらいの作業だったら俺でも出来ますよ？」

今先輩がやっているのは生徒会新聞の手書きの原稿をパソコンに打ち込む作業だ。打ち込む内容は決まってるのだから俺でも全然出来る作業内容だ。

「気を遣ってくれてありがとうね。でも毎日勉強ばっかりしてたら疲れちゃうからさ。だから逆にこういう打ち込み作業が頭使わなくて良いから楽しかったりするんだよね」

「あ、あぁ、なるほど」

確かにこういう単純作業は脳を休めるのには良いのかもしれないな。

俺としては、何かしら七種先輩の役に立てるんなら嬉しいなと思って声をかけたんだけど……まぁ要《い》らないお世話だったかな。

「あ、でも……うん、それじゃあ半分だけ手伝ってもらえるかな？」

「え？」

ちょっとだけションボリとしていたら、突然七種先輩にそう言われた。

「やっぱり今日の原稿はちょっと多いからさ、もし時間があるなら少しだけでも手伝ってもらえたら嬉しいなって」

「っ！　は、はい、わかりました！　それじゃあ早速準備しますね！」

七種先輩にそう言われたので、俺は急いで生徒会用のノートパソコンが置いてある備品棚に駆け足で向かった。

「……ふふっ」

「ん？　どうしました先輩？」

俺は備品棚からノートパソコンを取り出している時、ふと七種先輩が小さな声で笑っているのに気が付いた。

「ううん、何でもないよ……ふふっ」

「？」

先輩が小さく笑っていたのが気になったのでそう尋ねてみたのだけど、先輩は気にしないでと言ってきた。

（う、うーん？）

七種先輩の謎の微笑《ほほえ》みが気にはなったけど……まぁそれよりも早く作業を終わらせた方が良いよな。

そう思って俺は備品棚からノートパソコンを取り出し、そのまま先輩の隣の席に座った。

「うん、じゃあこの打ち込みお願いしてもいいかな？」

「はい、わかりました！」

俺はそう言って先輩から手書きの原稿用紙を受け取った。うん、これくらいなら二十

～三十分もあれば終わるだろう。

「これなら二人でやればすぐに終わりそうですね」

「うん、そうだね、ありがとう神木君。早く作業が終わったら、手伝ってくれたお礼に帰りにコンビニで何か奢《おご》ってあげるよ」

「え、いいんですか？　って、え⁉　そ、それって、先輩と一緒に帰ってもいいんですか⁉」

「うん、もちろんだよ。じゃあさっさと片付けちゃおっか」

「あ、は、はい、わかりましたっ！」

その言葉を聞いて俺のテンションが一気に跳ね上がった。

いや、それよりも七種先輩と二人きりで帰るなんて今まで一度もした事がないからめっちゃ緊張するんだけど！　まぁでも……。

(先輩の役に少しでも立てて良かったな)

俺はそんな事を思いながらノートパソコンの電源を入れた。

＊＊＊

「そういえば、七種先輩って普段はコンタクトなんですか？」

俺は打ち込み作業をしながら先輩に軽く雑談を振ってみた。

「ううん、いつもはずっと裸眼《らがん》だよ。私、視力は両目とも一・二あるからね」

「あ、そうなんですね！　それじゃあ今日のメガネは伊達《だて》なんですか？」

「これブルーライトカットの伊達メガネなんだ。パソコン作業とかする時にかけるようにしてるの」

あぁなるほど、先輩のかけているメガネは目の保護のための物か。

「確かに先輩はパソコン作業が多いから、そういうメガネが凄く役立ちそうですね」

「うんうん。あ、でもね、今日のはちょっと失敗しちゃったんだよね」

「え？　失敗って何がですか？」

「あはは、これさ、普段自宅で使う用のメガネなんだよね。ネットでテキトーにポチった安物のメガネなんだ」

「あ、そうなんですか？」

「うん、そうなの。だからちょっと可愛《かわい》くないんだよねーこのメガネ」

そう言って七種先輩は自分がかけてるメガネをくいっと上げた。

先輩のメガネは黒いフレームでスクエア形状だ。確かにそう言われてみたらレディースというよりもメンズライクなメガネかもしれない。

いやそれでも七種先輩には十分似合ってるんだけどさ。

「本当は外出用の可愛いメガネも持ってるんだけどね。でも普段家だとこれしかかけてないからさ、持ってくるの忘れちゃったんだよね」

「なるほど、そうなんですね」

可愛いメガネってどんなんだろう？

まぁ七種先輩は普段もオシャレなファッションをしてそうだし、そっちのメガネもきっとオシャレなメガネなんだろうな。

「あ、じゃあ先輩が家にいる時は今かけてるそのメガネを普段使いにしてる感じなんですか？」

「うん、そうだよ。家ではテレビとかスマホとかパソコンとかを見る時にかけるようにしてるから……うん、ほぼずっとかけてる事になるね、あはは」

「あ、なるほど、そうなんですね」

「うん。でも、外では極力このメガネはかけないようにしてるからさ、今日は珍しく失敗しちゃったなーって思ってね」

「な、なるほどー」

という事はこの七種先輩（メガネver.）は本来なら先輩の自宅でしか見られない特別仕様という事だ。そんなレアな先輩を見られたってのはかなりラッキーだな俺は。

（いやそれにしてもさ……）

さっきから俺、相槌しか打ててないんだけどこれからどうすればいいの？　話も全然膨《ふく》らませる事が出来なくて普通に悲しいんだけど。

「それでさ、そういう神木君はどうなの？　普段はコンタクトなの？　それとも裸眼なのかな？」

「……えっ⁉　あ、お、俺も同じでコンタクトとかは一切してないです！」

そんな事を思っていたら、唐突《とうとつ》に七種先輩から質問が飛んできた。俺はビックリしながらもその質問に返答した。

「へぇ、そうなんだ。じゃあ神木君も視力は良いのかな？」

「は、はい。視力はどっちも一・〇以上はありますよ」

「おー、神木君も視力良いんだね！　じゃあ神木君にもメガネとかは必要なさそうだね」

「そうですね。あ、でも、」

「ん、でも？」

「ブルーライトカットのメガネってのはちょっと興味あったりしますね」

「あ、そうなんだ！　これ結構便利だよ。本当にブルーライトがカットされてるのかは体感じゃあよくわかんないんだけどね、あははっ」

「へ、へぇ、なるほど」

でもブルーライトってずっと見続けてるのは目に悪いんだよな、あまり詳しくは知らないけど。

それならほぼ毎日長時間ゲームをしてる俺にとって今一番必要な物はこれな気もしてきた。

「そういえば神木君はゲームが好きなんだもんねー。それなら確かに神木君もこういうの持ってると便利かもしれないよね！」

「えっ⁉　あっ、は、はい、恥ずかしながらそうなんですよ」

「別に恥ずかしくなんてないでしょ、私だってゲームくらい普通にするしさー。……あっ、じゃあ試《ため》しにさ、私のメガネ一回かけてみる？」

「えっ⁉」

そう言って七種先輩は自分がかけていたメガネを外してそのまま手渡そうとしてきたので、俺は慌てて制止した。

「い、いやあの、で、でもそれ先輩の私物ですしっ！　え、えっと、そ、その、い、いいんすか？」

「え？　別に全然いいよ？　……あ、もしかして潔癖症《けっぺきしょう》だったりするのかな？」

「えっ⁉　い、いや全然そんな事ないです！　そ、それじゃあ、そ、その、お借りしてもいいですか？」

「うん、もちろん！　はい、どうぞ」

「あ、えっと、その、あ、ありがとうございま……」

（っ⁉　な、なんだこれ……！）

俺は七種先輩からメガネを受け取ってそのまま試しにかけてみたんだけど……俺はそのメガネをかけてすぐに驚愕《きょうがく》して固まった。

「どうかな？　ブルーライトカットされてる？」

「……えっ⁉　あ、そ、その、よ、よく、わからない……っすね、あ、はは」

俺はしどろもどろになりながらそう伝えた。

今七種先輩にブルーライトがどうとか言われた気がするけどそんなの気にしてる場合ではなかった。何故《なぜ》なら……。

（ど、どうしよう……すっごい良い香りがするんだけど……！）

七種先輩のメガネをかけてみると、すぐにふんわりとした甘い香りが俺の元に漂ってきた。め、めっちゃ良い香りがするんだけど！

この香りは香水なのかな？　それともボディミスト？

俺にはそういう物の違いなんて全くわからないんだけど……でもこれはきっと先輩が使っているそういう物の香りなんだと思う。

（あ、やばい、これ心臓バクバクするんだけど）

これどう考えても変態みたいな思考だとは思うんだけどさ、でも〝あーこれが先輩の香りなんだなー〟って思ったら心臓のドキドキが止まらなかった。

「あははっ、そうだよね！　これで本当にブルーライトがカットされてるのかなんてわからないよねー。私も全然わからないもん！」

「え？　あ、ち、ちが……あいや、はい、そ、そうっすね、あは、あはは！」

もうブルーライトとかそれどころじゃなかったんだけど、俺は顔を真っ赤《まっか》にしながら先輩の言葉を肯定しておいた。

＊＊＊

先輩と一緒にやっていた打ち込み作業は二十分程度で終了した。しっかりと作業分担をした事で思いのほか早く終わらせる事が出来た。

「今日はありがとうね」

「い、いいえ、全然大丈夫です！」

という事で先ほどの約束通り、今の俺は七種先輩と二人で下校している所だった。

「はい、じゃあこれ。手伝ってくれたお礼だよ」

「あ、は、はい、ありがとうございます！」

「ありがとうは私のセリフだよ。こちらこそありがとね、神木君」

そしてその下校途中でコンビニに立ち寄り、七種先輩からお礼という事で肉まんを奢って貰った所だ。俺は七種先輩から手渡された肉まんを受け取って感謝を伝えた。

その後は七種先輩と一緒に肉まんを食べつつ軽く雑談をしながら下校していった。

（先輩と一緒に帰るなんて夢みたいだなぁ）

七種先輩は昨年度も一緒に生徒会として仕事をしていた仲間ではあるけど、そもそも今まではそんなに話す機会はなかった。

それは何でかというと、去年の七種先輩の役割は〝書記〟ではなくて〝生徒会副会長〟だったからだ。

決して書記が忙しくないというわけじゃないんだけど、それでも会長と副会長の方がかなり忙しそうに見えた。

そんな忙しそうにしていた七種先輩を見てきたからこそ、もし何か手伝える事があるなら積極的に手伝おうと思っていた。だから今日も先輩の代わりを志願したわけだし。

(いやまぁもちろん手伝おうとした理由はそれだけじゃないんだけどさ)

つい最近とあるゲーム仲間が、〝恥ずかしがってないで少しくらい頑張れよ!〟って活を入れてくれたんだ。

だからまぁ、なんというか……俺も出来るだけ頑張ってみようかなと思うようになったわけで。

という事で今日も、もしかしたら七種先輩と仲良く出来るチャンスがあるかもっていう邪《よこしま》な気持ちが多少はあったんだけど……まぁでもそれくらいの夢は見てもいいだろ?

それに勇気を出して声をかけたおかげで、初めて七種先輩と二人きりで下校出来たんだから、ゴリさんには感謝してもしきれないな。

(うん、今度通話する時にお礼言わなきゃな)

俺は脳内のゴリさんにとりあえずの感謝を伝えながら、七種先輩との雑談を続けてい

った。

「そういえばさ、神木君は何で生徒会に入ろうと思ったの？」

「え？　生徒会に入った理由ですか？」

「うん、そうそう」

七種先輩は肉まんをモグモグと食べながら俺にそう尋ねてきた。俺が生徒会に入った理由……まぁそんなのはもちろん決まってるわけで。

「ま、まぁアレですよ、普通に内申点が上がるから良さそうかなって思ってです」

「それは生徒会に入る人あるあるだねー」

「そ、そうなんですよ、あははっ」

嘘《うそ》である。この男、本当は全く違う理由で生徒会に入ったのに、その事を先輩に言うつもりは一切ないのである。

いやでも正直内申点もちょっとくらいは上がるかなーっていう打算的な事も少しは考えたけどさ。でも本当の理由は当然……。

（いや本人相手にそれは言えないだろ！）

俺が生徒会に入ろうとしたきっかけの大部分はもちろん七種先輩の存在だった。

当時の生徒会に所属していた七種先輩と少しでもお近づきになれないかなーっていう

邪な気持ちで、当時一年生だった俺は生徒会に入る事を決めた。

そしてその後すぐに俺は生徒会役員募集のポスターを見て、そのまま生徒会に入ったのであった。

まぁそんな邪な気持ちで生徒会に入ったはいいんだけど、当時副会長だった七種先輩はかなり忙しくしていたので、目当ての先輩とは全然交流は持てなかったんだけどさ。

それでも今の生徒会での活動はそれなりに楽しんでいるし、俺としては普通に満足している日々だった。

（はは、そんな事言ってたらゴリさんに怒られそうだな）

今までの出来事を思い返していると、何故かゴリさんの事を思い出して少しだけ笑ってしまった。

「実はさ、私も内申点が欲しくて生徒会に入ったんだよね」

「先輩もそうだったんですか？」

そんな事を思っていると、先輩からそんな話が飛んできた。

「うん、そうなんだ。私も入学した当初は、勉強とかあんまりしないで友達と沢山遊びたいなって思っててさ。それで大学受験とかもしたくないなーってずっと思ってたんだ。だから生徒会に入ったのも、内申点上げて学校推薦とか狙えないかなーっていう打算で生徒会に入ったんだよね」

「へぇ、そうだったんですね」

「そしたらまさかの生徒会の活動が想像してたよりも遥《はる》かに大変で死にそうな毎日になったというオチなんだけどね、あはは」

「あぁ、確かに去年は滅茶苦茶大変そうでしたもんね。特に文化祭とか……」

「いや本当にそれ！　私が滅茶苦茶忙しくなったのは唐突にミスコン開催しようって言ってきた人のせいだよね、全くもう！」

「あ、あはは」

七種先輩はそう言って頰を膨らませながらぷりぷりと怒っていた。

いやまぁ先輩が本当に怒ってるわけではないのはわかっているので、俺はそんな先輩の仕草を見て普通に可愛いなと思ってしまったんだけど、まぁそれは内緒にしておこう。

＊＊＊

その日の夜。学校から帰宅し晩ご飯を食べ終えた後、俺は自分の部屋に戻ってベッドに寝ころびながら漫画を読んでいる所だった。

――ぴこんっ♪


「んー？」

その時、俺のパソコンから何かの通知音が鳴った。

この音はパソコンに入っているチャット・通話アプリの通知音だ。ゲーム仲間の誰かが俺にメッセージを飛ばしてきたのだろう。

俺はそのメッセージの内容を確認するためにベッドから立ち上がりパソコンを置いてる机の方に向かった。

そして俺はパソコンの前に座って、送られてきたメッセージを確認したのだが……。


――やんぞ！――


送られてきたメッセージはその四文字だけだった。もちろんそのメッセージの送り主は俺の一番仲の良いゲーム友達からだった。

返信が遅くなったら迷惑かけちゃうと思ったので取り急ぎ返信を送った。

――無理ー――

「これでよし、と」

簡潔に三文字だけを打ち込んでそのゲーム友達に送りつけた。そして俺は漫画の続きを読むためにベッドの方に戻ろうとすると……。

〝トゥトゥルルー♪　トゥトゥルルー♪〟

「え、いきなりっ⁉」

その返信からたった二秒後に通話がかかってきた。

俺はビックリしながらも急いでヘッドセットを装着してその通話に応答した。

「おつかr」

『うっせぇ‼　さっさとやんぞ！』

「うわビックリした！　あ、ゴリさん久しぶりっすねー」

『あ、うんそうだね久しぶりーって違うだろ‼　無理って何よ無理って！』

「あはは、何か懐かしいっすね、この感じ」

『はぁ？　何わろとんねん！　こっちはキレてるんだけど⁇』

という事でメッセージの送り主はゴリさんだった。

まぁわかりきっていたけどあのメッセージは〝ゲーム一緒にしよう〟っていうお誘いの連絡だったようだ。

「いや、でもいいんですか？　ゴリさん受験生でしょ？」

『いいんだよ、今日チートデイだから』

「え、なんすかそれ？　ボディビルダーにでもなるんすか？」

『違うわ！　今日は一日勉強しないって決めた日なんだよ。どんな事でも休息は必要でしょ？』

「んーまぁ確かにそれはそう」

『でしょー？　だからさアタシのチートデイに付き合ってよー』

「そうっすねぇ……まぁ、ゴリさんが大丈夫だって言うならやりますか？」

『おっ、なんだよー、クロちゃん無理だって言ったクセに結局やれるんかい！　本当はクロちゃんもアタシと一緒にやりたいんじゃゃんー』

「あーいや、俺が無理って言ったのにはわけがあって、」

『あ、そっかわかったわかった！　クロちゃんアタシがいなくて寂しかったんしょ？　本当にもうクロちゃんアタシの事好きすぎでしょー！』

「え、いや全然っすけど？」

『おいコラ待て泣くぞ！』

「あ、ってか忘れてたっ！　ゴリさん俺の事ボコボコにしたって嬉しそうにトイッターに呟いてたらしいじゃないっすか!!」

『さーてどうしよっかクロちゃん？　今日は何して遊ぼっか？』

「おいコラ待て無視するな！」

という事でゴリさんとの久々の通話なのに結局いつも通り喧嘩《けんか》から始まるのであった。いやまぁ俺達らしいっちゃらしいけどさ。

『あれ、でもクロちゃんトイッターもうやってないよね？　なんでアタシがそれ呟いた事知ってるん⁇』

「あぁ、それはですね……」

ゴリさんが言ったように俺はトイッターはやっていない。

昔はやってたんだけど、当時トイッター経由《けいゆ》で組んだ野良の人から〝下手くそ。ゲームやめろ。タヒね〟というファンメが飛んできたので、それにムカついてアカウントを削除してしまった。

「ちょっと前にあたぎさんが教えてくれたんすよ」

『え⁉　あたぎさん帰ってきたの？』

「はい、二～三日前に帰ってきましたよ。んでその時に、俺の事をボコボコにして気持ちよさそうにしてる脳筋ゴリラがいるって聞いたんですわ」

『いやちょい待ち！　アタシの事を脳筋ゴリラ呼ばわりしてんのこの世に一人しかいないんだけど⁇』

「あ、そうなんすか？　なるほどー、じゃあゴリさんの事を脳筋ゴリラって呼んでるのあたぎさんしかいないんですね！」

『いやテメェだけだよ‼』

「あっ、話全く変わるんすけどゴリさんいない間に格ゲーの特訓してたんで再戦させてもらっていいっすか？」

『だから人の話をちゃんと聞け……って、え、本当に⁉　やろうやろう！　今から準備するから待っててなー！』

「了解っすー！」

そんな感じで今日もいつも通りゴリさんと罵《のの》り合《あ》いながらのゲーム対決が始まるので

あった。

第四章

chapter 4

A story about how the online game friend who was being provoked was a beautiful senior with good manners.

ゴリさんとネット対戦を始めて数時間が経過《けいか》した。

今日も俺の惨敗《ざんぱい》だった。

やはり俺とゴリさんとの経験値差はまだまだ大きいという事を改めて理解する一日になった。

「っちぇー、全然駄目でしたね。結構練習したつもりだったんだけどなー」

『いや、前回のクソ雑魚《ざこ》ナメクジムーブに比べたら、今日はちゃんと人間の動きしてたよ？』

「え、本当っすか？　ようやく俺も人間になれましたか？」

『うん、まぁまだ赤ちゃんレベルですけどね』

「いやナメクジから赤ちゃんに昇格したんだから、後は大人に成長するだけなんで余裕ですわ！」

『いやその考え方は強いな！　う一ん、でもクロちゃんが使ってるそのキャラって対空がちょっと弱いからなー』

「え、駄目っすか？」

『いや駄目じゃないけど、クロちゃんの使ってるキャラってそこまで初心者向けなキャラじゃないからさー。だからアタシとそこそこの勝負が出来るようになるにはまだまだ時間はかかると思うよ？』

「まじっすか？　ちなみに俺がゴリさんとそこそこの勝負が出来るようになるにはあとどれくらい時間かかりそうですかね？」

『んー、練習の努力は見れたから……あと半年くらい修行すれば良い感じになるんじゃない？』

「あ、あと半年⁉」

『おっとー？　も、もしかしてクロちゃん尻尾を巻いて逃げるんですかー⁇』

そう言いながらゴリさんはあははと笑って俺の事を煽《あお》ってきた。

「いやそんなわけ！　たったの半年で良いとか余裕すぎて逆に笑っちゃいましたわ！ゴリさんが勉強で忙しい間に必ず捲《まく》るんで対戦よろしゃす！」

『あははっ！　本当にクロちゃんは根性あるよねー！　そういう所だけは見習いたいも

んだよ』

「それ褒《ほ》められてるのかよくわかんないんすけど？」

『いやいやめっちゃ褒めてるって！　普通の人なら〝二度とやらんわこんなクソゲー〟ってコントローラーをブン投げてるでしょ。……あ、やっぱりクロちゃんってマゾなん⁇』

「なんでやねん！」

『あはは、やっぱり違うかー』

何度も言ってるけど俺はマゾじゃないからなっ‼　でもゴリさんは絶対にドエスだと思うわ。

『いやでもさー、クロちゃんのそういう不屈《ふくつ》の心というかチャレンジ精神を持ってる所は本当に偉いとアタシは思ってるのよ』

「え？　えぇっと、まぁそう言ってもらえるのなら、ありがとうございます？」

『まぁでもそういうチャレンジ精神をネトゲの世界だけじゃなくてリアルでも活《い》かしていったらいいのにな一ってお姉さんは思う日々ですけど？』

「余計《よけい》なお世話っすよ！」

『いやでも本当の事じゃん？　最近も何かヘタレた事言ってたじゃんねー⁇』

「ぐ、ぐぬぬ……」

そう言ってゴリさんは前回の俺と先輩の話を例に上げてくる。

いやまぁヘタレた事を言ってたのは事実だから何も言い返せないんですけど。

「……あ、でも！　ゴリさんがそういう事を何度も言ってくるから、俺もちょっとは頑張ろうかなーって思うようになりましたよ」

『んー？　頑張ろうって何を⁇』

「いやえっと、何て言うか……まぁ、その、せ、青春をちょっと頑張りたいなと」

『え⁉　本当に⁉』

「え、そんなビックリする事じゃないでしょ⁉」

『いやビックリするでしょ！　クロちゃんの成長が見られてお姉さん嬉《うれ》しくて泣きそうだよ！　あ、どうする？　とりあえずお赤飯《せきはん》炊《た》こうか⁇　あ、でもすぐ振られるんだから要《い》らないかｗｗ』

「色々と判断が早すぎる！」

ゴリさんの判断が早すぎて俺のツッコミが追いつかないんだが⁉

『あはは、それでー？　告白の相手ってクロちゃんの大好きな先輩さんでしょ？　いつ告《コク》るの？』

「い、いや、それはだいぶ先になるかと」

『おい‼　頑張るって言っといてヘタレのままじゃんか！』

「いやいや重要なのは告白だけじゃないんすよ！　それに至るまでの過程だってめっちゃ大事でしょ？」

『んーまぁ確かにそれはそう』

「でしょ？　それにゴリさんも前に言ってたじゃないっすか。知らん人から告白されても困るって！」

『それは絶対にそう』

「ですよね！　だから、まぁしばらくの間は先輩への好感度を上げていきたいなーって思っている感じなんですわ」

『スタートそこから⁉　ク、クロちゃん一体いつまで先延ばしにする気なん？　時間って無限じゃないんだよ⁇』

「い、いやゴリさんの言いたい事は十分わかってるんですけど……でも俺はこれから行動しようと決めたばかりなんですよ！　だ、だからまぁその、これから頑張っていくんで、もう少しだけ温かく見守って頂ければなと……！」

今日だってゴリさんが俺に言った事を思い出したからこそ、七種《さえぐさ》先輩に声をかけられたわけだし。

でも七種先輩に〝ううん、大丈夫だよ〟って言われた時は少しばかり心が折れそうになったんですけども。

『うーん、まぁどんな事でも頑張るっていうのは良い事だからねー。でもタイムリミットまでもう長くないよ？　先輩さんと学校で会える日なんてあと数ヶ月くらいじゃないの？』

「う……は、はい、それはわかってます……」

『ちゃんとそれを理解してるなら良し！　それで、実際にその先輩さんと会える期間ってあとどれくらい残ってるの？』

「そ、そっすね。三年生は後期になったら自由登校になっちゃうし、先輩と会って話が出来るのはあと半年くらいかもっすね……」

『ふぅん、あと半年かー、ってあはは！　それだとクロちゃんが告白するよりもさー、アタシに格ゲーで勝てるようになるのが先かもねぇ⁇』

「はぁ⁉　何言ってんすか！　ゴリさんをボコボコにすんのに半年もかからないんで安心してさっさと負けてください！　ってか俺だってゴリさんをボコボコにしなきゃ前に進めないんでね！」

『あはは、言うねぇクロちゃん！　そんなアツイ事を言われちゃったらさー、お姉さんも本気でクロちゃんの事を返り討ちにしてやるから覚悟しときなよ！』

「望むところですよ！」

そう言って俺とゴリさんは笑い合いながら今日も仲良く対戦を続けていった。

＊＊＊

『でもさーこの短期間でちゃんとレベルアップしててビックリしたよ。一体どんなチート使ったん？』

「いや何もしてないっすよ。しいて言うならあたぎさんと一緒にプレイしてたくらいですかね」

『なるほどー、あたぎさんはあそこの会社が出してる格ゲー大好きだもんね。じゃあクロちゃんはあたぎさんに特訓してもらった感じなんだね』

「本人はブランクあるからなーって弱気な事を言ってましたけどめっちゃ強かったすわ」

あたぎさんは俺と同じで漫画やアニメとかサブカル系が好きなオタク女性（若干《じゃっかん》腐

寄り）だ。

そして今回の格ゲーを販売している会社は他の人気ゲームやアニメとのタイアップでそのタイトルの格ゲーを出してくれたりする。

それで子供の頃にあたぎさんが大好きだったゲームがその会社で格ゲーになって発売されたらしく、当時のあたぎさんはその大好きなタイトルの格ゲーをかなりやり込んでいたらしい。

タイトルは忘れてしまったけど、なんかこう……主要人物は皆メガネをかけててカットイン演出がカッコいいゲームだって言ってた気がする。

『あはは、あの人めっちゃ上手かったでしょ？　アタシも前に戦った事あるけどガチで強くてビックリしたもんなー。あ、忘れてたけどあたぎさんどうだった？　元気そうだった？』

「あ、はい、元気そうでし……いや元気ではないか？」

『んー？　どゆこと⁇』

「あぁ、えっとですね……」

俺は数日前のあたぎさんとの会話を思い出しながらゴリさんにも話してみた。

『……なるほどー、やっぱりお仕事大変そうなんだね』

「そうらしいですね。まぁでも今は落ち着いたって言ってたから、またちょくちょくインするらしいっす」

『うん、それなら良かったよ！　これでまた近い内にあたぎさんとも一緒に遊べそうだねー。でも関西勢はオフ会とかやってるのは知らなかったなー』

「俺も全然知らなかったっす。あたぎさんの話を聞いた感じだと関西勢のオフ会めっちゃ楽しそうですね」

『あはは、結局ただの飲み会になるってやつでしょ？　あたぎさんはお酒大好きだもんなー』

「だから今月のオフ会に行けなくて凄《すご》い残念そうでしたよ。あ、そういえばゴリさんって今までにオフ会とかに行った事ってあります？」

『アタシ？　いやないかなぁ……って、あっ！　でもオフ会ってわけじゃないんだけど、あたぎさんとはリアルで一回だけ会った事あるよ』

「え、何それずるい！　って、え？　それってもしかして俺だけハブにされてます⁇」

『そんなわけないでしょー。いや去年の話なんだけどね、アタシの学校の修学旅行先が大阪だったんよ』

「あ、そうだったんですか？」

『うん。それでその事をあたぎさんに言ったらさ、〝お金多めに払うから都内にあるコラボカフェ行って私の欲しい商品買ってきて‼〟って言われてさ。それでその頼まれた商品を買って、それを手渡すために修学旅行中にあたぎさんと会ったのよ』

「あはは、なんすかそれ。でもそういう話を聞くと、あぁやっぱりあたぎさんもオタクなんだなーって実感出来ますわ」

『あはは、確かにね。まぁそんな感じでオフ会ってわけじゃないんだけど、あたぎさんと少しだけ会う事が出来たというお話でした』

何ともあたぎさんらしいエピソードだったので俺とゴリさんは一緒になって笑ってしまった。

「実際に初めてあたぎさんと会う時ってどうでしたか？　やっぱり緊張とかしましたか？」

『そりゃあ少しは緊張したよ、あたぎさんって私達よりも若干年上だしね。でもあたぎさんとは数年来の付き合いだし、アタシとしてはかなり仲の良い友達だと思ってたから緊張よりも嬉しさの方が勝ってたよ』

「確かに俺も同じ立場だったら緊張よりも嬉しいって気持ちの方が勝つかもっすね！　あ、それで、実際に会ってみてあたぎさんってどんな感じの人でしたか？　やっぱりリアルでも気さくで優しい感じでしたか？」

『実際に会った時も凄く優しくてとっても良い人だったよー！　それに見た目はショートヘアの似合うカッコいい大人の女性って感じでさー、何だか本当にアタシのお姉ちゃんみたいだなって思っちゃったもん』

「やっぱりあたぎさんってリアルでもお姉さん属性だったんですね。でもいいなー、そういう仲の良いネット友達とはまだ誰とも会った事ないからめっちゃ羨《うらや》ましいっす！」

ゴリさんともあたぎさんともそれなりの付き合い歴があるのに、俺はそのどちらとも会った事がないから普通に羨ましい限りだ。

『あはは、でもそういう仲の良い友達とかについて考えてみるとさー、アタシとクロちゃんの友達歴ってめっっちゃ長いよねー！　ネトゲ仲間の中だと友達歴はクロちゃんとが圧倒的に一番長いもん！』

「それは俺も同じくですよー。だってもうゴリさんと知り合ってから三年以上経《た》ってるんですからね。いやぁ、今までの事を思い返してみるとゴリさんとは色んなゲームを一緒にやってきましたよねー！」

『確かに確かに！　何だか懐《なつ》かしいねー！　よくもまぁこんなに喧嘩《けんか》ばかりしてきたのに仲違《なかたが》いせずに友達続けてこれたよねー』

「いや本当ですよ全く！　俺ゴリさんとの友達歴は確かに一番長いっすけど、喧嘩した回数もゴリさんとが圧倒的に一番ですもん」

『あ、やっぱり⁇　あはは、まぁでもそういう昔の事とかを思い返してみるとさー、一番最初にオフ会するとしたら……うん、アタシはやっぱりクロちゃんとが良いかなー』

「え、めっちゃ嬉しい事を言ってくれるじゃないっすか！　確かに俺も初めてオフ会をするんだったら一番最初はゴリさんとが良いっすねー！」

『そっかそっかー！　……ならよしっ！　じゃあやるか！　オフ会！』

「あはははーって、えっ⁉　ま、まじっすか⁉」

それは突然の出来事だった。

まさかのゴリさんが初めてのオフ会を提案してきたのであった。

「と、唐突《とうとつ》っすね⁉」

『そりゃそうでしょ！　アタシはやろうと決めたらすぐ行動する事に定評のあるＪＫだからね！』

「い、いやゴリさんの猪突猛進《ちょとつもうしん》なその性格は俺もめっちゃ理解してますけど！　あ、そういえばゴリさんがゲーム配信をやるって決めた時も、次の日にはもう配信始めてましたよね」

『そうだったね、いやめっちゃ懐かしいなー！　そういえばあの時もアタシとクロちゃんって喧嘩してたよね』

「いや残念っすけどゴリさんが変な事をしようとしてる時は大抵俺達喧嘩してますよ？」

『確かになーってちょい待ち！　変な事って何よ！　変な事って！』

そう言いながら俺とゴリさんは笑いながらツッコミを入れ合った。

「まぁ話を戻して、オフ会をするってのは俺も大賛成なんですけど、日にちとかはどうしますか？　やるとしてもゴリさんの受験が終わってからですよね？」

『はぁ⁉　やるって決めたんだからすぐ開催するに決まってるでしょ？』

「え⁉　ちょっ、ゴリさん正気っすか⁉」

『正気に決まってるやろ！　それにほら、こういうのは思い立ったが吉日っていうじゃん！　あ、ちなこれアタシの座右の銘ね』

「い、いやまぁ確かにそういう諺《ことわざ》もありますけども……で、でも受験勉強大丈夫なんすか？」

『あははっ！　アタシはクロちゃんに心配される程《ほど》落ちぶれた学力じゃないよー。ってかクロちゃんはアタシの事よりも自分の中間テストの心配した方が良いんじゃないっすかぁ⁉』

「ぐ、ぐぬぬ……！」

受験生をそんな簡単に遊びに誘うのは流石《さすが》に良くないだろうと思って俺はそう尋《たず》ねたのに、何故《なぜ》か秒で煽られたんだけど⁉　こ、この脳筋《のうきん》ゴリラほんま……！

『ごめんごめん、心配してくれてありがとね！　まぁでも今ならアタシも時間にまだ余裕があるからさ、それなら完全に忙しくなっちゃう前にオフ会をしたいなって思ったんだ。だからさ……どうかなクロちゃん？　良かったらだけどアタシが忙しくなる前に会ってみない？』

ゴリさんにしては珍しくちょっと語気を弱めてそう尋ねてきた。

その言葉を聞いて俺は少しだけ悩み、そして結論を出してゴリさんにこう返事をした。

「……うん、そうですね、わかりましたよ。ゴリさんが大丈夫だって言うんならそれを信じます！　じゃあオフ会やりましょうか！　日にちに関してはゴリさんの空いてる日に合わせます！」

『ありがとう、嬉しいなー！　流石にあと少ししたら本格的に受験勉強をしなきゃいけなくなるだろうからさ……うん、多分今回のクロちゃんとのオフ会が受験前最後の遊びになっちゃうんだろうなぁ』

「いやまぁそれは受験生だし仕方ないっすよ。俺もあたぎさんもゴリさんの受験めっちゃ応援してるんで頑張ってください！　それじゃあ今度会う時に受験用のお守りでも買っておきましょうか？」

『それは嬉しいなー！　じゃあ一番高いお守り買ってね！　何だかご利益ありそうだしさ！』

「ちょっ！　年下にそんな高い物ねだらないでくださいよ!!　それで、オフ会の日にちはどうしましょうか？」

『そうだね、えぇっと……クロちゃんは今週の土日はどっちか空いてる？』

「今週の土日ですか、ちょっと待ってくださいね……日曜なら空いてます！」

『うんわかった！　それじゃあ日曜日に開催決定という事で！』

「はい、了解っす！」

という事でゴリさんとのオフ会開催日がいよいよ決定した。

『あとは集合場所は何処《どこ》にしようか？　クロちゃん何処か行きたい所とかある？』

「行きたい所っすか？　難しい質問っすね……逆にゴリさんはどうですか？　何処か行きたい所とか何かやりたい事とかあったりしますか？」

『え、アタシ？　う、うーん、確かにそう言われると難しいなー……あ、でもねっ！

クロちゃんと一緒に行きたい所は一つあるよ！』

「まじすか？　一体何処っすか⁇」

『ゲーセンに決まってんじゃん‼』

「……え？」

『えって、何よその反応⁉　ゲーセン行ったらテンション上がるっしょ！　それにネット対戦じゃなくてさ、本物の筐体《きょうたい》でも対戦したくない？　アタシはめっちゃしたいんだけど！　どうよクロちゃんは？』

ゴリさんはテンションを上げながらゲーセンについての話を熱弁してきた。

そして俺はそんなゴリさんの熱弁を聞いてる途中……つい声を出して笑ってしまった。

「……っぷ！　ぷははっ‼」

『え？　え？　ど、どうしたんクロちゃん？　いきなり笑い出してさ⁇』

「あははっ、い、いやすいません。何て言うかその……あぁやっぱり俺とゴリさんって似た者同士なんだなーって改めて実感しちゃっただけです」

『え？　ど、どういう事？』

――行きたい所とかがあったら先に言ってな？

――とりあえず大阪のゲーセンには行ってみたいっすね！

それはつい先日のあたぎさんとの通話中での出来事だ。

あたぎさんに大阪に来たら行きたい所はあるかと聞かれて、俺は迷わずに〝ゲーセン〟と答えた。もちろん今のゴリさんと全く同じようなテンションで。

俺はその事を思い出してつい笑ってしまった。

「いや何でもないから気にしないでください。でもそうっすね、俺もゴリさんとゲーセン行きたいっす！」

『本当に？　よし、それじゃあゲーセンに行くのは決定という事で！　それなら集合場所はゲーセンのある駅だったら何処でも良くなったね』

「確かにそうっすね。そういえばゴリさんって東京住みでしたよね？」

『うん、そうだよ！　クロちゃんは埼玉の方だよね？　んー、東京と埼玉だと、どこら辺集合にするのが一番良さそうかなぁ？』

「そうですねー……とりあえずゲーセンさえあれば何処でも……あっ！」

『うん？　どしたのクロちゃん？』

その時、今度は数日前の学校での出来事を思い出した。

それは学校でスマホを眺《なが》めながら志摩《しま》と話をしていた時の事だ。

——……に行った事ないからな。いつか行ってみたいなーとは思ってるんだけどさ。


俺はずっと昔から〝憧《あこが》れの街〟に行ってみたいと思っていた。

でもその街は俺の住んでる場所からは微妙に遠くて、一人で行こうという気持ちには中々なれずに今に至っていた。

「……あ、ええっと、そういえば俺、ゴリさんと一緒に行きたい場所……というか街があるんですけど」

『おっ、そうなの？　うんいいよ、行こう行こう！』

思い返せば俺とゴリさんが友達になった最初のきっかけは〝ゲーム〟だった。

俺達はゲームを通じて仲良くなっていき、今では一番仲の良いゲーム友達にまでなっていた。

『それでー？　クロちゃんはアタシと一緒に何処に行きたいの？』

そして俺が今思い浮かべた〝憧れの街〟はゲーム好きな人のためにある街と言っても過言ではない。

だってあの街にはパソコンショップやゲームショップなどが沢山あるし、家電量販店も沢山ある。

そしてもちろん……俺達が一番行きたいゲーセンだってあの街には沢山あるんだから。

「あの、それじゃあ俺……アキバに行ってみたいっす‼」

『あーなるほど！　確かにアタシ達には良いかもね！　クロちゃんって普段はアキバには行ったりするの？』

「あ、いや実は俺アキバには一度も行った事ないんですよ」

『あれ、そうなの？　クロちゃんはそういう所好きそうなイメージあったから何だか意外だねー』

「いやめっちゃ好きは好きなんですけど……でも今まで行く機会が中々なかったんすよね」

俺は埼玉住みとは言っても上寄りで東京は遠い方だ。俺の家からだと群馬に行く方が早かったりする。

「あ、ちなみにゴリさんはどうなんですか？　アキバには普段は行ったりしますか？」

『あぁうん、アタシは住んでる所がアキバに近いから時々行ってるよー』

「え、何それめっちゃ羨ましい！」

『だから欲しい物がある時はアキバに買いに行ったりする事が多いかなー。あ、ちなみにだけどアタシの配信用機材も全部アキバで揃《そろ》えたんだよね。いやーあの時は色んなショップを巡《めぐ》ったたっけなぁ』

「へぇ、そうだったんですね。……あっ、それじゃあゴリさんってそういうパソコン周りの製品とかに詳《くわ》しい方だったりしますか？」

『んー？　まぁめっちゃ詳しいってわけじゃないけど、何となくならわかるかな。でもそんな事聞いてどうしたの？　クロちゃん何か買いたい物でもあるの？』

「……実は今使ってるキーマウ類がぶっ壊れかけてるんすよね」

『いやそれ一大事すぎるじゃん！』

「そうなんですよ。それでですね、その、もし良かったらなんですけど……アキバで俺の買い物に付き合ってもらう事って出来ませんか？」

『え？　クロちゃんの買い物に？』

流石に申し訳ない気持ちでゴリさんにそう尋ねてみたんだけど……でもゴリさんはいつも通りの明るい口調でこう返事をしてきた。

『何それめっちゃ面白いやつじゃん！　いいよいいよ！　それじゃあ一緒にパソコンショップ巡りでもしよっか？　アタシがよく行くお店とか案内してあげるよ！』

「い、いいんですか⁉　いや自分で言っておいてアレですけど、多分俺の買い物中はゴリさんにとってはつまらない時間帯になっちゃうかもなんすけど……」

『いやいや何言ってんのクロちゃん！　人が散財してる所を見てるのが一番面白いんだよ？　それにアタシはパソコンショップでグラボとかファンとかをひたすら眺めるのめっちゃ得意だから大丈夫よ！』

「あはは、なんすかそれ。いやでも確かに俺も家電量販店のパソコンコーナーとかを眺めてるのめっちゃ好きですわ」

『やっぱりそういうの眺めてるのって楽しいよね！　んじゃあ、クロちゃんの買いたい物のリストを後でメッセージで送っといてよ。そしたらアタシの知ってるお店で買えそうな所案内してあげるからさ』

「はい了解っす！　それじゃあ明日までにリストにして送りますね！」

『とりあえず今日決めておくべき事はこれくらいで大丈夫そうかな？』

「そうっすね！　あとは集合時間とかについては前日に決める感じにしましょうか」

『うんそうだね、そうしよう！』

　という事で突発的に開催が決まったゴリさんとのオフ会だったが、とんとん拍子で詳細を決めていく事が出来た。

「それじゃあ初のオフ会楽しみにしてますね！　当日は色々とよろしくお願いしますゴリさん！」

『うんうん、アタシも楽しみにしてるよー！　……て、あっ！』

「ん？　ど、どうしたんすか？」

『ふふ、いやちょっと思い出したんだけどさぁ……クロちゃんさー、アタシと会った瞬間に緊張して何も喋《しゃべ》れなくならないでよね？　くすくす』

「い、いや絶対にならんからっ！」

『くすくす、どうなんだろうねぇ？　……あっ！　あと、そういえば……ふふ、クロちゃんのために〝あの約束〟もちゃんと果たしてあげなきゃだねー』

「え？　約束？　あれ、俺ゴリさんと何か約束してましたっけ？」

『あはは！　まぁ当日を楽しみにしとき！　んじゃあ今日はもう寝るね、乙ー』

「え？　あ、はい、了解っす。お疲れっすー」

こうしてゴリさんとの通話が終了した。

俺は通話を終えて一旦目を瞑《つむ》りながら先ほどの会話を思い出してみる。

「約束って一体何の事だろう？」

ゴリさんとの約束を思い出そうとしているんだけど、何も思い出せなかった。

いやそもそも本当に何か約束したのかな？　全く記憶にないいんだけど……。

「……ま、いいか」

忘れてるって事はそこまで大した内容ではないんだろうな。

それにゴリさんは当日を楽しみにって言ってたし、それなら今から頑張って思い出そうとしなくても別にいいか。

「うーん……よし今日はもう寝ようかな」

俺は大きくあくびをしながらパソコンの電源をオフにし、そしてそのまま就寝するためにベットの中へと入っていった。

＊＊＊

「あはは！　まぁ当日を楽しみにしとき！　んじゃあ今日はもう寝るね、乙ー」

『え？　あ、はい、了解っす。お疲れっすー』

――黒《クロ》さんとの通話が終了しました。

「……ふぅ」

今日は久々に〝数年来の付き合いがある悪友〟と通話をしながらゲームをした。

本当なら勉強しなきゃいけない時期だという事はわかっているけど……今日は一日遊ぶって決めてたし、たまにはこういう日があっても良いという事にしとこう。

でも今日は久々の通話をしながらのゲームだったので少しだけ疲れてしまった。

なので私は休憩がてら手元に置いてあったお茶を飲んで一息ついた。ついでにその時、部屋の壁に掛けてある時計を見て今の時間を確認した。

「あ……もう一時過ぎてるじゃん」

時刻は既に深夜一時を過ぎていた。

昔はそんな事思わなかったんだけど、何だか最近は時間が経つのがとても早く感じてしまう。

このままだと受験本番の日なんてあっという間に来てしまいそうで億劫《おっくう》になる日々だ。

「でも受験が終わったらいよいよ高校生活も終わっちゃうんだよなぁ……」

もうすぐ受験で、それが終わったら高校卒業か……そう思うと何だかちょっとだけ感傷的な気分になってくる。

私は気分を変えるためにこれまでの高校生活を思い返してみた。いや思い返した所で生徒会の仕事が大変だったなという記憶が大部分を占めているんだけど。

「もうちょっと楽だと思ったんだけどなー」

一年生の頃に内申点欲しさに生徒会に入ったはいいものの、思っていた以上に生徒会の仕事は大変だった。

特に去年は副会長になっちゃったおかげで仕事量がさらに増えてしまい、本当に色々ともう大変な目にあったんだよな。

あとは盛り上がるから文化祭でミスコンやろうぜって言ってきた去年の生徒会長の事は一生許さんからな。

あのミスコンのせいでよく知らない男子達から言い寄られて、生徒会の仕事が全然出来なくなって本当に死にそうになったんだからな……！

（……まぁ、でも）

色々な事があったけど私の高校生活は楽しい日々だったと思う。

学校の友達と他愛のない話をしながらお昼ご飯を一緒に食べたり、生徒会の皆で力を合わせて文化祭や体育祭を盛り上げたり、修学旅行では友達とＵＳＪに行って思いっきり遊んだりと、楽しかった思い出は沢山あるんだから。

「うん、まぁそう考えると私も結構楽しい青春を送れたんじゃないのかな？」

少し前に彼氏持ちの友達の前で〝私も青春したかったなー〟と、その友達の事を羨ましがった事があるんだけど、でも私は私でそれなりに楽しい青春を過ごせてたんじゃないかな。

（彼氏は欲しかったけどね）

そうは言っても羨ましいと思った気持ちは嘘《うそ》じゃないわけで。いやこんな所で強がって嘘ついてもしょうがないしさ。

私だって、その友達みたいに彼氏を作って一緒に遊んだり、ご飯食べたり、勉強会をしたりとかさ、色々な思い出を彼氏と一緒に作って過ごすという〝最高の青春〟も送ってみたかったよなぁ。

……あ、でもえっちぃ事はちょっと怖いから、そういうのを求められる場合はもう少しだけ大人になってからでお願いしたいかな。

昔から注射とかピアスの穴あけとか血が出たり痛かったりする事柄全般が大の苦手なんだからしょうがないじゃん。

「……うん、まぁ総じて面白い高校生活だったって事で！」

今までの高校生活を思い出してみたけど、私的にはそれなりに楽しい高校生活を送れたと思う。

これまで一緒に楽しい思い出を作ってくれた家族や学校の友達とかには沢山の感謝をしなきゃだね。あとは、まぁ……。

（これは癪《しゃく》だから言いたくはないけどなぁ……）

……うん、これはちょっと癪だからあまり言いたくはないけどさ、学校から帰ってきた後に悪友と深夜まで話をしながら遊んできたのも私的にはメッチャ良い思い出なんだよね。いやかなり癪なんだけどさ！

そしてこの事を本人に言ったら確実にドヤってくるだろうから私は絶対に言わないけどね。

「……ははっ」

そんな悪友と受験前最後にオフ会で遊ぶ事になるとは、最後まで何があるかわからないもんだね。

その悪友とは知り合ってから三年以上も経ってるわけだし、いつかリアルで会って一緒に遊べたらいいなとは思っていたんだけどね。

だから私が受験勉強で忙しくなる前にオフ会が出来るのは本当に良かったと思っている。

（そういえば……）

少し前に私がアドバイスをしたからなのかわからないんだけど、その悪友は高校生の間に〝青春〟が出来るように頑張ると言ってきた。

どうやらその悪友が惚《ほ》れている先輩さんにいつか告白してみるんだってさ。

「頑張りなよ、クロちゃん」

私が高校生の間に出来なかった〝最高の青春〟を謳歌《おうか》出来るように、是非とも頑張ってもらいたいものだ。

ま、告白が失敗したとしても、その時はあたぎさんとか仲の良いメンバー達でしっかりと慰めてやるから安心して死んで来いよ、あはは！

もし運良く告白が上手くいってその好きな先輩さんとお付き合いが出来るようになったら……ふふ、その時は今まで散々してきたアイツのヘタレ発言をネタにして沢山弄《いじ》りまくってやろうっと！

「さて、と……」

時間は既に深夜を回っているのだけど、先ほどの通話中に伝えた〝あの約束〟を果たすためにも、今のうちに調べておきたい事が少しだけ残っていた。

「全くさぁ、何で自分で言っといて忘れるかなぁ」

でも悪友はその約束を完全に忘れているようだった。

ふふふ、これはこの時の話を今後ネタにして散々弄り倒すためにも……私は万全の準備をせざるを得ないな！

これが上手く決まればきっとアイツはビックリして挙動不審な態度を取るに違いない。

そしてそんな挙動不審な態度を私は簡単に想像出来てしまいつい笑ってしまった。

「全くもう……しょうがないなぁ」

そんな慌てふためくであろう悪友の姿を思い浮かべながら、私はスマホを開いて〝オシャレな三つ編《みあ》みヘア〟を調べていった。

第五章

chapter 5

A story about how the online game friend who was being provoked was a beautiful senior with good manners.

次の日の夜。

『へぇ、オフ会やんの？　ええなー！』

俺はあたぎさんと通話をしながら格ゲーの練習に付き合ってもらっていた。今話している内容は昨日のゴリさんとの会話だ。

『あーあ、私も二人と会いたかったなー』

「俺もあたぎさんと会ってみたいっすよー。いつか大阪に行く事があったらその時は宜《よろ》しくお願いしますね！」

『うんうん！　いつでもおいでなー！　美味《おい》しいご飯屋さんとか沢山連れてったげるよー』

「それは頼もしい！　あとはそうっすねー、いつか俺とあたぎさんとゴリさんの三人でオフ会とかもしてみたいっすね！」

『それめっちゃしたいなー！　それじゃあ長期休みでも取れたら私が東京に遊びに行こかな？』

「え、マジっすか⁉　是非是非！　あたぎさんもこっちに遊びに来てくださいよー！」

『是非とも遊びに行くわー！　そん時はもちろんクロ君とゴリちゃんにはエスコートをお願いするね！　大阪は私担当やけど、東京案内は君ら二人の担当やからね！』

「もちろん了解っすよ！　……あっ、でも、俺達はお酒飲めないからあたぎさんが一番行きたいであろうお店とかには行けないっすよ？」

『いやいや！　未成年を連れて居酒屋に行くほど私アホちゃうよ⁉　……多分やけど』

「いやそこは多分じゃ駄目でしょ！」

いつかあたぎさんとゴリさんの三人でもオフ会が出来たら良いなと思いながら、昨日のゴリさんとの話を続けていった。

「俺は今回が初めてのオフ会なんですけど、何か気を付けた方が良い事ってありますか？」

『なんやろうなぁ……まぁネットでは仲が良くてもリアルでは初対面なわけやから、ちゃんと身だしなみを整えて清潔感ある感じで行くのがマナーなんちゃう？』

「確かにそういうマナーは大事ですよね」

『まぁでも私が初めて行ったオフ会は同志達《オタ仲間》の集まりやったからさー、そん時は推《お》しキャラのフルグラTに、推しカラー&ヘアスタイル、ぬいと缶バッジを敷き詰めた痛バッグの完全武装でキメてったけどな！　あははっ、めっちゃ懐《なつ》かしいわー』

「何すかそれ、めっちゃ楽しそうな事してるじゃないっすか！」

前々から思ってたけどあたぎさんの学生の頃のオタク話とかかなり面白そうだなー。いつか時間があったらあたぎさんの昔の思い出話とか聞いてみようかな？

『まぁでもさー、初めてのオフ会やと思うけどあんまり気にせず目一杯楽しんできてなー！』

「はい、ありがとうございます！　そうっすね、なるべく緊張しないように頑張ってきます！　……いやまぁ多分緊張すると思うんですけども」

『あはは、そりゃあ無理やろなー！　お互いに初対面なんやし緊張は絶対にするもんやて』

「でも何か緊張を解《ほぐ》す方法とかってあったりしませんかね？」

俺は緊張を解す方法が何かないかオフ会経験者のあたぎさんに尋《たず》ねてみた。

『二人はゲーム好きなんやし、一緒にゲームでもやればすぐに緊張も解けるんちゃうかな？』

「あぁ、なるほど！　それなら大丈夫っすよ！　ゴリさんと会ったらまずはゲーセン行く予定なんで！」

『えっほんまに⁇　あはは、君らほんまにゲーム大好きっ子やなぁ！』

「そりゃあ俺らはゲーム好きで集まった仲間ですからね！」

『あはは、それなら大丈夫そうやなー！　クロ君とゴリちゃんは仲めっちゃ良いしさ、最初の緊張が解けたらめっちゃ楽しいオフ会になると思うよ！　だから全力で楽しんできてなー！』

「はい、全力で楽しめるように頑張ってきます！」

『楽しめ楽しめー！　あ、お土産話《みやげばなし》にも期待しとるからねー』

あたぎさんに色々な助言をもらいつつ楽しんできてと言ってもらえたので、俺はそれに応えるように感謝の言葉で返した。

よし、今週末のオフ会は全力で楽しんでくるぞっ！

『いやでもクロ君めっちゃ羨《うらや》ましいなぁ！　ゴリちゃんと二人きりでオフ会なんてさー、それ実質デートみたいやね！』

「……え？」

あたぎさんの何気ない一言で俺は固まってしまった。あたぎさんからしたら別に他意なんてないただの一言だったんだろうけど……え、デートって……え？

――ピロリン♪ピロリン♪

その言葉の意味を理解しようとして頭を動かしていたその時、あたぎさんのマイクから何かのタイマー音が聞こえてきた。

『あ、ごめんクロ君！　ちょうど今お風呂沸《わ》いたから今日はこれで終わりでもいいかな？』

「え⁉　あ、は、はい、わかりました！　じゃあ今日はこれで終わりにしましょう！」

『うん、ありがとね！　それじゃあお疲れさんー』

「はいお疲れ様です！」

――atagiさんとの通話が終了しました。

あたぎさんとの通話が終了した後。

少し時間が経《た》ってから先ほどのあたぎさんの言葉の意味を理解した俺はそのままパソコンの前で頭を抱えながら悩み始めた。

「……た、確かに女子と二人で遊びに行くのって、傍《はた》から見たら……？」

あたぎさんに言われるまで気が付いてなかったんだけど……確かに女子と二人きりで会うのってデートみたいな状況じゃん！

いやちょっと待って！　ついさっき〝緊張しないように頑張る！〟って宣言したばかりなのに、そんな事を意識しちゃったらさ……ゴリさんと会う前から既に緊張し出してきたんだけど⁉

「いやこんな事ゴリさんにバレたら絶対にまた煽《あお》られるって！」

万が一にもゴリさんに会う前から緊張してるなんてバレてしまったら、今度は〝小学生からじゃなくて幼稚園からやり直せば⁇ｗｗ〟って煽られるに決まってる。

いやでもさ、そもそも俺は女子と二人きりで遊んだ事なんて今まで一度も経験した事ないんだよ‼

そんな非モテ男子高校生がいきなり女子と二人きりで遊ぶってなったら誰だって緊張するだろ⁇

〝ちゃんと身だしなみを整えて清潔感ある感じで行くのがマナーなんちゃう？〟

「……あっ‼」

ふと先ほどのあたぎさんとの会話が脳裏を過《よぎ》った。そして今度はそれがとても悩ましい問題となってしまった。その問題とはもちろん……。

「や、やばい……オフ会に着て行く服どうしよう……！」

今まで女子と二人きりで遊んだ経験が一切ない男子高校生には、この問題をどうやって解決すれば良いのか全くわからないのであった。

＊＊＊

翌日の金曜日。

今日も打ち合わせがあるため、俺は昼休みが始まるとすぐに生徒会室へと向かった。

生徒会室に着くと俺以外の役員はまだ誰も来ていなかったので、とりあえずそのまま近くの席に座って昼ご飯を食べ始めた。

「さて、どうしたもんかなぁ」

コンビニで買ってきた菓子パンを片手に持ってパクパクと食べながら、もう片方の手でスマホを開いて〝高校生 服装 オシャレ〟と検索を始めていった。

「うーん……」

検索をかけて表示されたスマホの画面をぼーっと眺《なが》める。俺は未《いま》だに当日の服装について悩んでいた。

いや、ゴリさんとは今更気を遣うような間柄ではないんだけどさ、でも女子と二人きりで遊ぶのって今回が生まれて初めてだし。

やっぱりこういう時はちゃんとオシャレをした方がいいのかな？　い、いやでも……うーん……。

「こらこらー、お行儀わるいぞー？」

「……え？」

そんな事を考えていると唐突《とうとつ》に後ろから声をかけられた。そこに立っていたのは七種《さえぐさ》先輩だった。

俺は慌《あわ》てて食べていた菓子パンとスマホを机に置いてからすぐ七種先輩にお辞儀《じぎ》をした。

「あっ！　さ、七種先輩！　お、お疲れさまです！」

「お疲れさまー。って、あれ？　まだ神木《かみき》君だけなの？」

「は、はい、今は俺一人だけですね」

「そっかそっかー。じゃあ私もここで一緒にお昼ご飯食べてても良いかな？」

「え、あ、はいっ！　全然良いですよ！　どうぞどうぞ！」

「うん、ありがとう。それじゃあ神木君のお隣失礼するね」

そう言って七種先輩は俺の隣に座り、鞄《かばん》から小さな弁当箱と紙パックの緑茶を取り出し机の上に広げ始めた。数日前と同じく今日も七種先輩と一緒にお昼ご飯を食べる事になった。

「ふふ、何だか最近は神木君とこうやって話す機会が多いよね」

「そ、そう言われてみたらそうですね。同じ生徒会所属って言っても、去年の先輩は副会長の仕事で忙しかったから、今まで先輩とゆっくり話す事ってあまりなかったですよね」

「確かに去年は大変だったね。いやー懐かしいなー」

七種先輩は楽しそうに笑いながら去年の事を懐かしんでいる様子だった。

そして前回一緒にご飯を食べた時の七種先輩は、ため息をつきながら落ち込んでいる感じだったのだけど、今日はとても明るい感じだったので先輩の事が好きな俺としてはそんな様子にホッとした。

「それで？　神木君はお昼ご飯を食べながらスマホで何を見てたの？」

「え？　あ、あぁ、えっとそれは……あ」

七種先輩にそう聞かれたので、俺は机に置いていたスマホをもう一度手に取って画面をオンにしたんだけど……その時、憧《あこが》れてる先輩に〝ファッション〟について色々と調べてるのがバレたら何だか恥ずかしいなと思ってしまい言葉に詰まってしまった。

どうにかして誤魔化せないかな……。

「うーん？　神木君どしたの？　眉間《みけん》にしわが凄《すご》い寄ってるよ？」

「え？　あ、本当だ……」

慌てて自分の眉間に手を当てて確認してみると、確かに眉間にしわが寄っていた。

「ふふ、そんな眉間にしわを寄せながらスマホを見てるなんてさぁ……一体どんなえっちぃ画像を見てるのかな？　ちょっとお姉さんに見せてみよっか」

「えっ⁉　あ、ちょっ！」

そう言うと七種先輩はニヤッと笑いながら俺の方に顔を近づけてきて、そのまま手に持っていたスマホの画面を覗《のぞ》き込《こ》んできた。

あまりにも突拍子もない行動だったので俺はかなり焦《あせ》った声を出してしまった。

「へーなになに、今時男子のイケてるファッション特集……？　なーんだ、えっちぃ画像じゃないのかー」

「い、いやいや！　そ、そんなの学校で見るわけないじゃないですか⁉」

「ふぅん？　なるほどーそれじゃあ神木君は〝学校じゃなければ〟そういうものを見るのかなー？」

「え⁉　あ、い、いや違……！」

「あはは、嘘嘘《うそうそ》！　冗談だよ、からかっちゃってごめんね！」

七種先輩はそう言いながら両手を合わせてテヘッと可愛《かわい》らしく謝ってきた。いや、普通に可愛すぎる仕草だったので俺はそれにドキッとしてしまった。

というか七種先輩って冗談とか軽口とかも言ったりするんだな。七種先輩は優しくて真面目な性格の人だから、何だかそのような言動はとても意外に見えた。

「でもさ、別にしかめっ面《つら》で見るようなサイトじゃないよね？　なのにどうしたの神木君？」

「え？　あー、えぇっとその……」

「んー？　何々？　あ、もしかして……女の子関係とか？」

「ええ⁉」

「……⁉　ほうほう！」

七種先輩にそんな事を言われた俺は動揺を隠せずに声が裏返ってしまった。そしてそんなあからさまな態度を取ってしまったせいで、先輩は何かを察したように何度も頷《うなず》いてきた。

「それで相手は誰なのかな？　神木君の彼女さん？　それとも好きな人とか？」

七種先輩は目を輝かせながら俺に向けて矢継《やつ》ぎ早《ばや》に質問をしてきた。い、いやちょっと待って！　誤解なんですって……‼

「い、いや本当にそういうのじゃなくて！　な、なんというかその、ええっと……あ、そうそう！　親戚ってか親族っていうかその……めっちゃ仲の良い従姉妹《いとこ》に会いに行くんですよ！　だから彼女とかそういうあれじゃないんです！」

「ふ、ふぅん？」

俺は早口になりながらも何とかそれっぽい言い訳をしてみた。いやこんな嘘っぽい言い訳を信じてくれるかはわからないけどさ。

「そうなんだ？　じゃあデートとかでもないのに何でしかめっ面をしながらファッションサイトなんて見てたの？　親戚の子と会うだけなんでしょ？」

「う……そ、それは……」

普通に痛い所を突かれてたじろいでしまった。

「……い、いや今度その従姉妹と二人きりで遊ぶ予定なんですけど、実は俺女の子と二人きりで出かける事自体が初めてで、だからこういう時の服装ってどうすればいいのかなーっていう感じで調べてました、あ、あはは―」

ちょっと待ってよ、先輩にこんな事を言うの滅茶苦茶《めちゃくちゃ》恥ずかしいんだけど！

でも先輩に嘘をついて後々しっぺ返しを食らう事が最近あったから俺は諦《あきら》めて素直に言う事にした。いやそれでも若干《じゃっかん》嘘ついてるんだけどさ。

「へぇ、そうなんだね！　それじゃあさ、私がアドバイスしてあげよっか？」

「え⁉　い、いやそんなの七種先輩に悪いっすよ！」

「ふふふ、何言ってるの？　可愛い後輩の悩み事だよ？　それを助けてあげるのが優しい先輩の役目だからね！　だからスマホをちょっと貸してみてよ、ほらほら！」

「え、あ、は、はい？」

そう言うと七種先輩はニコニコとした表情で俺の方に手を向けてきた。

俺は先輩のその笑顔に気圧《けお》される形となりながらスマホを手渡した。スマホを受け取った先輩は指でタップしながら画面を眺める。

「……うーん、神木君はここのサイトに載ってるような〝いかにも‼〟って感じのファッションはまだ参考にしなくてもいいんじゃない？　もうちょい大人になったら似合うかもだけど」

「そ、そうですよね。まぁ自分でもそんな気はしてましたけど」

「神木君はもっとシンプルな服装の方が私は似合うと思うよ。ほら、ちょっと前の生徒会の打ち上げでさ、休みの日に皆で集まった時の神木君の服装とかさ？」

「あぁ、懐かしいですねー、ってあれ普通のデニムにジャケット羽織《はお》っただけなんですけど！」

先輩が言ってるのは去年の生徒会の打ち上げの時の集まりの話だ。

その生徒会の打ち上げでは焼肉食べ放題に行くって言われたから、俺は汚れてもいい無難《ぶなん》でシンプルな服装にしただけだったんだけど。

「でもその仲の良い従姉妹さんと普通に遊びに行くだけなんでしょ？　ならそれこそシンプルな方がいいんじゃない？」

「な、なるほど、そういうもんすか？」

「そういうもんすよ。もし私がその仲の良い従姉妹さんと同じ立場だったら、いつも通りの神木君といつも通り遊びに行きたいなーって思うよ？　あっ！　あとさ」

「え？　あと？」

「ふふ、もし私だったらさぁ……チャラい服を着てる男の子よりもシンプルな服を着こなしてる男の子の方が好きだけどなー」

「なっ⁉　え⁉」

七種先輩は楽しそうに笑いながらそう言ってきた。

何だか俺に向かって言ってくれてるみたいで少しだけドキッとしてしまった。

「まぁだからさ、神木君も女の子と二人きりだからってアレコレと悩まずにいつも通りの恰好《かっこう》でいつも通り楽しく従姉妹さんと会ってきなよー」

「……はい、そうですね、先輩に言われた通り悩むの止《や》めていつも通りの自分で行きます。色々とアドバイスありがとうございます！」

「ううん、全然大丈夫だよー！　でもその従姉妹さんが羨ましいな」

「え？　何でですか？」

「だって別にデートでもないのにさ、その仲の良い従姉妹さんのために服装を一生懸命考えてあげるなんて……ふふ、神木君はその従姉妹さんの事がよっぽど好きなんだねー！」

「えづ⁉」

ほらやっぱり駄目じゃん！　従姉妹という設定にしたけどやっぱり無理があったっ

て！

しかも俺にとって最悪すぎる展開じゃん！　好きな先輩相手に大きな誤解を与えてしまっているんだから！

「い、いや本当に違うんですって！　だからそんなんじゃ――！」

「大丈夫だよ！　私だってさ、気になる人とか好きな人と二人きりで出かける時は、その人の事を一生懸命考えて服装とか髪型を選ぶからね。こういう髪型が好きかなー、こういう服装の方が好きかなー？　ってさ」

「い、いやだから……って、え⁉　せ、先輩って、そ、その……い、異性と二人きりで遊んだりした経験とかって、あ、あるんですか……？」

「ふふ、乙女にそういう事を聞いちゃ駄目だよー？」

その発言にあまりにもビックリしてしまい、俺は声を震わせながら七種先輩に尋ねてみたが、肝心な所の答えははぐらかされてしまった。

「ふふ、それじゃあその好きな従姉妹さんと遊びに行くの楽しんできてね、神木君！」

「い、いやだから違うんです本当に好きとかじゃ――！」

「お疲れさまです！」「こんにちはー」「お疲れーっす」

俺は必死に先輩の誤解を解こうとしたんだけど、ちょうど生徒会のメンバーが続々と生徒会室に入ってきてしまった。

その後すぐに生徒会の打ち合わせが始まってしまい、結局この日は七種先輩の誤解を解く事は出来ずに終わった。

＊＊＊

「ふぁあ……」

土曜日の夕方。

バイトを終えた俺は電車に揺られながら帰宅している所だった。ちなみに俺がバイトしている所は高崎駅にあるファストフード店だ。

（お、これは……）

俺はスマホでとあるパソコン通販サイトを開いて、そこで販売されているカスタムPCのスペック表を眺めている所だった。

（渋《しぶ》タクモデルかぁ……うーん、流石《さすが》に今の俺には高いなぁ……）

〝渋タク〟こと渋山《しぶやま》タクヤは、俺やゴリさん達が普段からプレイしているFPSゲームである〝LPEX〟の超有名配信者だ。

初心者相手にとてもわかりやすくて面白い解説や実況をしてくれる人気配信者で、俺は昔からこの人のゲーム配信をよく視聴していた。

渋タクモデルはその渋タクがパソコンショップとのコラボで販売しているモデルPCの事なんだけど……まぁオススメモデルでも約二十五万円以上からと高校生の俺にはちょっと手が出ない。

大学生になってバイトが沢山出来るようになったらいつか自分の力で買ってみたいな。

(ふむふむ、こっちは……なるほどなぁ)

そして実はこのコラボモデルのパソコンを販売しているパソコンショップの本店が秋葉原にあるんだ。

(ベンチマークとか測《はか》らせてくれるのかな？　流石に実機で試しプレイとかさせてはくれないよなぁ……いや実機眺められるだけで満足なんだけどさ！)

せっかく秋葉原に行くんだから、ずっと前から気になっていたそのコラボPCも一目見てみたいなと思って俺はそこのパソコンショップを調べていたんだ。もちろんそのお店以外にも秋葉原の行きたいお店は色々と調べていた。

(でも調べれば調べるだけ行きたい所が増えてくなぁ……)

ゴリさんに俺の買いたい物リストはメッセージで送ったんだけど、でもちゃんと自分でも行きたい所を調べておかないと失礼だと思ったので、昨日の夜から行きたい所をスマホで何度も調べていた。

……ちなみにこの数日間悩みに悩まされていた服装どうするのか問題については、七種先輩に言われた通り気負わずシンプルな服装で行く事にした。

それを決めるまでずっと変な緊張感が続いていたんだけど、シンプルに行こう！　って決めてからは割とすぐに緊張感は薄れていった。

初めてのオフ会だし緊張感は流石にゼロになってはいないけどさ……それでも三年以上の付き合いがあるゴリさんと会うのはやっぱり楽しみだからさ。

あとそもそも初めての秋葉原が楽しみすぎて緊張してる場合じゃないからな。

（って、え⁉　ちょっと待って、湾曲モニターって何これ⁉　めっちゃカッコいいんだけど！）

……いやまずいな、マジで調べれば調べる程《ほど》欲しい物が増えていくんだけど。でも予算も限度があるしあれやこれやと買う事は出来ない。

とりあえずキーボードとマウス、ヘッドセットだけは絶対に買うとして、残りの欲しい物は眺めるだけにしないとだな。

（あ、でも、〝あれ〟は結局どうしようかな……？）

実はあと一つだけほんの少し前から買おうかどうかずっと悩んでいる製品があった。

それを買いたい理由はあの脳筋《のうきん》ゴリラに格ゲーでハメ殺された恨《うら》みを忘れてないからだ。

そしてそんな脳筋ゴリラに家庭用だろうがゲーセン筐体《きょうたい》だろうがどんな戦いでも俺が勝つためにも……！

（……うん、やっぱりアケコンも買おう！）

俺は元々パッド勢だけど、脳筋ゴリラ先輩とゲーセンで勝負するのならアケコンで戦う事になる。

俺としてはパッドだろうがアケコンだろうがどちらであろうともボッコボコにしないとリベンジにはならないからさ！

ちなみにゴリさんはゴリッゴリのアケコン勢だから明日のオフ会ではいつも通り俺がボコボコにされるんだろうけど、次回以降のオフ会では俺がゴリさんをボコボコにしてめっちゃ煽ってやんよ！

（はは、まぁとりあえず行きたい所はあらかた調べたかな？）

俺はスマホを閉じてから一息ついた。これで明日の準備は全部終わったし、あとはもう初めてのオフ会を楽しむだけだ！　うん、よし、明日は全力で楽しんでこよう！

第六章

chapter 6

A story about how the online game friend who was being provoked was a beautiful senior with good manners.

今から三年半前。

その頃、私は超人気FPSゲームである〝LPEX〟に激ハマリしてしまった。射撃要素の撃ち合いが非常に楽しいし、さらにキャラによって使える必殺技も違うので戦略性もあってとても面白かったんだ。

私はLPEXにハマってからは寝る間も惜しんでひたすらプレイしていたのだけど、当時の私は一人でこのゲームをやっていた。

もちろんLPEXは一人で遊んでも野良の人達と組めるので十分面白いんだけど、でもやっぱりこのゲームは3 on 3のバトルゲームなので、基本的には固定のメンバーと組むのが一番面白い仕組みになっていた。

なので私はとある攻略サイトのメンバー募集の掲示板で友達を探す事にした。

「んー、何か良さげな募集はないかなぁ……うん？」

私はそんな事を思いながら掲示板を眺《なが》めていると、とある募集の書き込みを見つけた。

〝中高生限定のクランとコミュニティを発足しました！　皆で仲良くLPEXをやろう！〟

そんなクラン人員募集の書き込みを私は見つけた。ちょうど固定を組みたいと思っていた私には朗報だった。

しかもそのクランは外部のチャット・通話アプリを導入しており、チームで喋《しゃべ》りながら戦略を立てて遊ぶという事が出来るようだった。

「へぇ、何それすごいじゃん！」

そういう通話アプリがある事を知らなかった私は感動して、早速その募集先にＤＭを送り、そのクランに参加させてもらった。

そしてその日の内に外部のチャット・通話アプリもパソコンに入れた。

そのクランに私が参加してから数週間後。

私はそのクランに辟易《へきえき》としていた。理由は周りにいるメンバーがゲームが下手だから……とかそういうゲーム系の話ではなくて、単純に出会《であ》い厨《ちゅうひど》が酷すぎたのだ。

＊＊＊

『ちぃちゃんって何処《どこ》住《す》みなの？　え、写真とか見てみたいんだけど見せてよ』

『ってか、めっちゃ声可愛《かわい》いね。よく言われるでしょ？　って、え、言われないの⁇

うっわ……それ周りの男達ダメダメだね。俺だったら絶対に褒《ほ》めるのになぁ』

『そういえば、ちぃちゃんって彼氏とかいるの？　あ、いないんだ！　じゃあさ、良かったら俺と付き合わない？　え、なんでって？　よく一緒に話してるし俺達仲良いじゃん？　だから俺達付き合ったら相性良いと思うんだよね。だからさ、どうよ？　俺と付き合おうよ』

……とかとか。そんな感じの出会い厨が多すぎて非常に疲れてしまった。

いや、もちろん私はそういうネット恋愛に関しては全然否定しないよ。今時はそういうのでお付き合いに発展したり結婚にまで至るカップルだって珍しくないわけだし。

だから私だってちゃんと関係性が出来上がっている程《ほど》仲が良くなっていれば、私のリアル事情の話をしたりとか他愛ない馬鹿話で盛り上がったりとか、何ならちょっとくらいならえっちぃ話をするのだって別にしても良いと思う。

でも関係性が出来上がってない人間とそんな話をする気は一切ない。というか今の私はただゲームを一緒にやる友達が欲しかっただけなんだから。


「……はぁ」


それに私が疲れてしまった理由は出会い厨のせいだけではなかった。

私が女だという事で露骨《ろこつ》に姫プっぽい事を勝手にしてくる男がいたり、関係性がまだ全然出来上がってもいないのに突然セクハラみたいな事を言ってくる男もいたりして、何だかもう疲れてしまったんだ。

いや、もちろんコミュニティのメンバー全員がそんな人達ばかりだったとは言わない。中にはすっごく優しい人もいたし、普通の人だって沢山いた。

でもそういう良い人達よりも、悪い人達の方が目立って見えてしまうのが自然だと思うし、嬉《うれ》しい事よりも嫌な事の方が鮮明に記憶に残ってしまうのも当然だと思う。

という事で何だかもう色々と嫌になってしまったので、私はそのクランとコミュニティから脱退する事にした。

そして脱退した後も私はそんな嫌な人達との繋《つな》がりを一切断ち切りたいと思ったので、その時に使っていたゲームアカウントや名前などを全て破棄《はき》し、全て最初から始め直す事にした。

プレイスタイルも一番最初の頃みたいに野良で遊びつつ、たまに固定で遊びたくなったら掲示板で募集をかけるという孤高の野良スタイルに戻る事を決めた。

「……あ、そっか。そういえば名前どうしようかなぁ……」

自分の新しい名前をどうしようか全く考えていなかった。

私が一番最初につけた時の名前も、特に何も考えていなかったから当時のあだ名である〝ちぃ〟と名付けてしまった。

しかしそれが結果として良くなかったのかもしれない。

この名前のせいでチャットの段階で女プレイヤーだと認識されてしまい、そこからすぐに出会い厨とかに捕まってしまったんだ。

だから今度は初見で女だと思われないような名前にしたいな。

「……ま、テキトーでいっか」

そんなわけで私は女っぽくない名前をテキトーに何個か思い浮かべていった。そして最終的に〝ゴリ林《ばやし》〟というヘンテコな名前でもう一度最初からスタートする事にしたのであった。

＊＊＊

それから数週間が経過《けいか》した。

基本的に毎日野良でのんびりと遊んでいたんだけど、でもやっぱり時々は固定で遊びたいなとも思ってはいたので、今日は以前利用した募集掲示板を覗《のぞ》いてみる事にした。

「……おっ」

するとぐ偶然にも、ちょうど私と同じくらいの腕前のプレイヤーが数分前に書き込んでいるのを見つけた。しかも二人もだ。

これはちょうど良いと思ったので、私は早速その二人とコンタクトを取ってみる事にした。

この二人の名前はクロ君とあたぎさんという。

早速固定の招待を送ってボイスチャットを繋げてみた。すると二人とも声からして結構若そうな人達だった。

まぁ初見の相手にリアルの話をするのは良くないだろうから私は何も聞かないようにしてゲームに集中した。

……というか以前入っていたクランのせいで、私はよく知らん相手に自分のリアル話をしたいなんて絶対に思わないようになっていたし。ゲームさえ出来れば私はそれで満足なんだ。

＊＊＊

「あ、ごめん、落ちちゃった、ごめんなさい……」

『あー、惜しかったねぇ……！』

『ドンマイドンマイ！　ナイファイナイファイっす！』

「いや本当に申し訳ないですよ。もうちょっと当《あ》て感《かん》が良かったらなぁ……」

『いやいやそれを言ったら俺だって先落ちしちゃって申し訳ないですよ！　ってかゴリさんめっちゃ強いですね！』

『うんうん、本当にね！　プレイ時間は私達と同じくらいなのにこれだけ差が出るって事は、きっとセンスの塊《かたまり》なんだろうね、羨《うらや》ましいな！』

「あ、あはは……でもそう言ってもらえて嬉しいですよ」

気が付けばクロ君とあたぎさんと固定を組んでみてから既に二時間くらいが経過していた。

今の試合で今日はお開きにしようという話だったので、最後にトップを取って終わりたかったんだけど、まぁそうそう上手くはいかずに途中で全滅してしまった。それにしても……。

(ふふ、今日はすっごく楽しかったなぁ)


お互いに初めましての状態だからやっぱり他人行儀な所もあったんだけど、それでも固定を組んで遊ぶのは戦略性がかなり広がってすっごく面白かった。

それにクロ君もあたぎさんもリアルの事を全然詮索《せんさく》してこようとせず、私と一緒で純粋にゲームを楽しもうという気持ちが伝わってきたので、私も一緒になってすっごく楽しめたんだ。

『それじゃあ今日はお疲れさまでした！　あ、良かったらなんですけど、またこれからも一緒に遊びませんか？』

『お疲れさまでした！　あ、うんうん、私は全然良いよー。ゴリさんはどうかな？』

「え……あ、は、はい！　私も是非、これからも良かったら一緒に遊びたいです！」

『そっかそっか！　それじゃあこれからも時間合う時はこの三人でまた固定組んで遊ぼうね！　早速フレンド申請送るから良かったら了承しといてー』

『はい、わかりました！　俺もゴリさんにフレンド申請送りますね！　それじゃあこれからもよろしくお願いします！』

「あ、は、はい！　わかりました、これからもよろしくお願いします！」

『うんうん、よろしくねー！』

　という事でこの日は〝ゴリ林〟となってから初めてのフレンドが一気に二人も出来た一日となった。

＊＊＊

　それからもちょくちょくクロ君とあたぎさんと一緒に固定を組んで遊んでいた。

　最初の頃はもちろん他人行儀な部分はあったけど、でもほぼ毎日一緒に遊んでいれば次第に仲も良くなっていき軽口を叩《たた》くようになっていった。

　その頃から私達の関係性もどんどんと明確になっていき、私とクロ君がお互いに軽口を言い合って、それに年上のあたぎさんが笑いながらツッコむという感じだった。そしてそんな感じの緩《ゆる》い雰囲気《ふんいき》で遊ぶのがとても楽しかった。

しばらく経《た》つと、あたぎさんが私とクロ君を自分の所属しているクランとコミュニティに誘ってきてくれた。

でも私は以前クランとコミュニティで嫌な目に遭《あ》った事を正直にあたぎさんに伝えた。あたぎさんは私の話をしっかりと聞いてくれた上で、そんな変な目には遭わせないようにすると約束してくれたので、私はその言葉を信じてクランに参加する事にした。当然だけどクロ君も私と一緒に参加する事になった。

それからクロ君はそのコミュニティ内で新しく一緒にやる友達をどんどんと増やしていった。

でも私は昔にメンドクサイ目に遭ったという苦い経験があるので、クロ君とは違って積極的に友達を増やすという事はしなかった。

私はしばらくの間はまた野良でひっそりと遊ぶ日々が戻ってきてしまった……と思ったんだけど、クロ君自身も最初に組んで遊んでいた私達三人の組み合わせが一番心地よいと感じていたようで、結局それからも私達はこの三人でいつも遊ぶようになっていった。

＊＊＊

それから一年以上が経過した。

あたぎさんに誘われて参加したクランのメンバーは大抵の人は社会人となり、オンライン状態になる人の数も徐々《じょじょ》に減ってきていた。

あたぎさんも仕事が忙しくて中々オンライン状態になれなくなってしまったため、昔のようにあたぎさん、クロちゃん、私の三人で遊ぶ機会というのも一気になくなってしまった。

あたぎさん以外のクラメンもやっぱり皆社会人で忙しいので、この頃になると基本的に私とクロちゃんの二人きりでゲームをする事が多かった。

「はいアタシの勝ち！　何で負けたか明日までに考えといてください‼　ぷはははっ！」

『ぐ、ぐぎぎっ……！』

必然的に私達の煽《あお》り合《あ》いを止める人がいなくなるので、私達の煽り合いはどんどんと加速していった。

でもそれはお互いに嫌い合ってるから煽り合ってるわけではなく、このノーガードで殴り合ってる感じがお互いに楽しくて好きだからこそ、わざとお互いに煽り合うようになっていったんだ。それにもちろんだけど……。

「……あっ、それじゃあさ……アタシの写真送ってあげよっか⁇」

「だ、駄目っすよ！　そういう個人情報は簡単に送っちゃ駄目なんすよ！」

お互いにやっちゃ駄目な事をした時は全力で怒ったり注意したりするし、その時は冗談めいた事や煽り返したりなどは決してせずにしっかりと非を認めてちゃんと謝る。

こんな感じで私とクロちゃんはいつの間にか冗談も本音も何でもはっきりと言い合えるような対等な関係になっていった。

(でもまさか男の子とこんな対等な関係になるなんてね……ふふ、こんなの初めての経験だよ)

私にとって男の子と冗談も本音も言い合える対等な関係になったのは初めての経験で、それは何だかとても新鮮な気持ちだった。

そしてクロちゃんと一緒に遊んでいる時間が私にとって一番心地のよい時間だとも思っていた。

でも、この私のクロちゃんに対する気持ちをちゃんと言葉で表すとしたら何と呼べばいいんだろうか……。

（……あ、そっか）

私は少し悩んだけどすぐに思いついた。最初はお互いに他人行儀な関係だったのだけど、でも長い年月をかけて私はクロちゃんの事を心から信頼するようになっていったんだね。うん、だから私は……。

＊＊＊

「……ん、あれ？」

朝、私はベッドの上で目を覚ました。何だか懐《なつ》かしい夢を見ていた気がする。
どんな夢だったかは覚えてないけど……何だかとっても楽しかったような気はする。
もう少し夢の続きが見たかった気もするけど、でも今日の私には予定があるから二度寝は出来ない。

「ん、んんー……ふぅっ」

私は眠い目を擦《こす》りながらベッドから出た。
そして軽く背伸びをしながら部屋に置いてある時計を確認する。時刻は六時を過ぎた所だった。

「ん……まだ時間には余裕があるね」

今日は三年来の悪友との初めてのオフ会の日だ。
待ち合わせの時間はまだまだ先だけど、でも今日の私はその悪友と会うための準備をしっかりとしないといけないのだから。

「はぁ、まったくもう……あの子もめんどくさい注文をしてきたもんだねぇ……ふふ」

私はあの子との約束を思い出しながらそう呟《つぶや》いた。まぁあの子はその約束を全く覚えていないようだったけど、まぁでも別にいいさ。

というか忘れてくれていた方が私としたら好都合だしね。その方がきっと私の姿を見た時に滅茶苦茶《めちゃくちゃ》衝撃を受けてくれるだろうしさ。

ふふ、絶対にあたふたとした態度を取ってくるに決まってるよね。想像しただけで笑っちゃいそうになるよ。

「……よしっ、それじゃあ早速準備しますかね！」

私は早速その悪友をビックリさせるための準備を始めていった。ふふ、今日のオフ会が楽しみだ！

＊＊＊

日曜日。

今日はゴリさんと初めてのオフ会の日だ。

『今日の星座占いコーナー！』

「んー？」

俺がリビングで朝ご飯のトーストを食べながら朝の情報番組を見ていると、番組の途中で占いコーナーが始まった。さて、今日のしし座の運勢はどうかな？

『第四位はしし座のアナタ！　今日はやる気が高まりやすくて新しい事に挑戦するには良い一日！　早めの行動を心がけるとさらに運が良くなるかも！』

「おー、良い事言うじゃん」

今日の俺の運勢はそこそこ良いらしい。

まぁあんまり占いとかは信じないタイプなんだけど良い事を言われたらちょっと信じちゃうよな。

「じゃあ言われた通り今日は早めに到着するようにしようかな」

俺はトーストの残りをさっさと食べてテレビの電源をオフにした。

そして今使っていた食器を軽く洗ってから自室に戻り、そのまますぐに出かけられるように身支度を整えた。とは言っても歯を磨《みが》いてジャケット羽織《はお》ったらもうそれで準備完了なんだけどさ。

「これでよし、と」

時計を確認する。うん、だいぶ予定よりも早いけど、早めの行動をすると運が良くなるって言われたし今日はそれに従ってみよう。

「さて、それじゃあ行きますかね！」

俺はそう言ってサイフとスマホを入れたバッグを手に持って家から出た。

＊＊＊

時刻は九時五〇分。

俺は生まれて初めて秋葉原に降り立つ事が出来た。

「ここがアキバかぁ……！」

秋葉原駅の改札から出た俺はちょっとだけ嬉しくなりそう一言だけ呟いた。駅前の周辺をキョロキョロと見渡してみる。

「ほうほう……！」

駅から出てすぐ目の前にはゲームセンターと家電量販店が並んでおり、そしてその隣にはかの有名なラジオ会館が大きく立っていた。

「おー、あれが有名なラジオ会館ってやつだ！」

あんまりよくは知らないんだけど、それでも秋葉原の有名な建物を初めて生で見る事が出来て良かった。えっと、確か数年前に新築したんだっけ？

（めっちゃ有名だけどさ、結局あれって何の建物なんだろう？　ラジオ売ってるお店……なわけないよな？　ラジオ放送局って事かな？）

今から十年以上前にアキバを舞台にした某アニメがめっちゃ流行《はや》っていて、そのアニメでラジオ会館が物凄《ものすご》い重要な建物だったってのは知ってるんだけど……俺はそのアニメを見た事がない。にわかオタですまん。

でもあたぎさんにそれを伝えたら『いやそれアニメもめっちゃ出来が良くて面白いんやけど……でも出来る事ならゲームをやってほしい……！　さらに出来る事ならネタバレを一切踏まないで一気にプレイしてみてほしい……！　頼むう、一生のお願いやぁ……！』と熱弁されたから俺は未《いま》だにそのアニメを見てない。

そのゲームは長期休みになったら買ってみて一気にプレイしてみようかなと思っている。

（……ま、先取りした聖地巡礼って事で！）

そんな事を思いながらラジオ会館をじーっと眺めていたんだけど、他の建物や周りのお店にも興味があったので、俺は周辺をもう少しだけ見渡してみた。

「へぇ、でもなんか思ってたよりもオタク街って感じじゃないんだなー」

もっとメイドさんとかアニメとかのオタクカルチャーに特化したディープな街並みなのかなーって想像してたんだけど思いのほか普通だった。

いや確かにアニメイラストの広告とかは所々あるんだけど、それでも別に「めっちゃオタクな街！」って感じでもない気がする。

もう少し奥に行ったらディープな街並みになるのかな？　いやわからんけど。

（おっと、そういや今何時だろ？）

スマホで時間を確認してみると現在の時刻はちょうど一〇時になった所だ。

ゴリさんと約束してる集合時間は一〇時半だから、もう少しだけ時間がある。

「んー、まだ集合まで時間あるし、もうちょっとだけぶらぶらしてみようかな？」

俺は駅前から少しだけ歩いてみる事にした。

とりあえずまっすぐ大通りに出てみるとメイドさんが立っていたのでちょっと感動した。

そしてその大通りに沿って歩いてみる事にしたんだけど……その時、俺はある事に気が付いた。

「いやゲーセン多すぎない⁇」

駅を出てすぐ目の前にゲーセンがあったのに、少し歩いたらまたゲーセンがあって、さらに少し歩いたらまたゲーセンがあった。それもギ〇ゴ（旧セ〇）やタイトース〇ーションにレジャー〇ンドなど色々な店舗名のゲームセンターが立っていて普通にビックリした。え、何ここ？　ゲーセン版アベンジャーズじゃん。

「うわぁ……ワンプレイだけでもしてぇ……」

こんだけゲーセンがあると誘惑に負けて今すぐにでも入店しちゃいたい。でも数十分後にはゴリさんと一緒に行くわけだし……うん、ここは我慢しよう。

俺はそう思いながら目の前に立っているゲーセンには入らずに街の探索を続けてみた。

＊＊＊

時刻は一〇時二〇分。

俺は駅周辺の探索を一旦止《や》めて駅前に戻ってきた。ゴリさんからはあと五分以内には到着すると連絡がきたので、俺は集合場所でゴリさんが到着するのを待っていた。

「ふぅ……」

さっきまで緊張とかは全然してなかったんだけど、やっぱり会う直前になると緊張してきた。

三年以上の付き合いがあると言ってもリアルで会うのはこれが初めてだし、そもそも女子と二人きりで遊ぶのも初めてなわけだしさ。まぁそれでも……。

「はは、楽しみだなー」

やっぱり何だかんだいって緊張よりも楽しみな気持ちの方が上回っていた。

あとさっきのアキバ探索では想像していたよりも沢山のゲーセンがあってビックリしたんだけど、この後ゴリさんと合流出来たら色々なゲーセン巡《めぐ》りとかもしてみたら面白そうだ。

そんな事を思っていたらスマホから通知音が鳴った。

『もうすぐ着くよー』

『了解です、服装とか教えてもらえますか?』

『あぁいや、アタシがクロちゃんに声かけるからそっちの服装教えて』

確かに初対面の男から声かけられるのは女子的にはちょっと怖いよな。俺はそう思ってゴリさんに今着てる服装を伝えた。

『わかった！　じゃあ着いたら声かけるから集合場所で待っててね』

『了解っすー』

ゴリさんに服装を伝えるとすぐにそう返信がきたので、俺はゴリさんが来るのを待つ。

程なくしてこちらに近づいてくる女性が一人。

うーん、あれがゴリさんなのかな？　まだちょっと遠いからわからないけど……って、あれ？　あ、あのヘアスタイルってまさか……？

（……あっ！　な、なるほど、そういう事か！）

その時ようやくゴリさんが通話で言っていた〝俺との約束〟が何の事を指していたのかわかった。

――いつかクロちゃんと会う事があったら……うん、そん時はしょうがないなぁ！　三《み》つ編《あ》みにメガネかけた文学少女スタイルで会ってあげるわ、あははっ！

……うん、まさにそんな特徴の女性が俺の方に近づいてくる。

黒髪ロングでオシャレなサイド三つ編みヘアにし、オシャレな丸いメガネをかけていた。

そして服装はシックな感じで、全体的にとても大人っぽい雰囲気を醸し出していた。

い、いやちょっと待ってくれよ……！

（い、いやこの人がゴリさんなのか⁉　な、なんなんこの人⁉　本気出しすぎでしょ⁉）

ごめんなさいすいません先ほどの発言は撤回させてください、緊張感がもの凄い事になっていて非常にヤバいです、誰か助けてください……‼

俺は内心焦《あせ》りすぎて若干《じゃっかん》挙動不審気味な態度になっていたんだけど、その女性はそんな事はお構いなしにどんどんと近づいてきて……そして俺の目の前で立ち止まった。

大きめのメガネをかけているので俺はまだ彼女の顔をちゃんとは見れてないんだけど……でも確かに雰囲気はかなりの美人さんのように思えた。

それに身長も高くてスラッとしたモデルさんのような体型をしており……って、あれ？　何だか俺の身近にも彼女とほぼ似たような体型をしている女子が一人いたような？

「すいません、クロさん……ですか？」

近づいてきたその女性に対して俺は沈黙しながらそんな事を考えていると、彼女が怪訝《けげん》そうな感じで声をかけてきたので俺は慌《あわ》てて返事をした。

「あ、は、はい！　そうで……って、あれ？」

ん……あれ？　今度はなんだろう？　この甘い香り……これは彼女が使っている香水の香りなのかな？　いやでもこの香りをつい最近にも俺は何処かで感じた事があるような気が……？

「え⁉」

「え？」

俺が返事をしようとした瞬間、目の前の女性は突然大きな声を出した。

俺はそれにビックリしてしまいつい彼女の顔をじっと見つめてしまった……って、あれ⁉

「『あっっ⁉』」

いやどこかで見た事があるどころじゃない‼　ほぼ毎日学校で見かけてるじゃん‼

「か、神木《かみき》君⁉」

「さ、七種《さえぐさ》先輩⁉」

「『どうしてここにっ⁉』」

俺の目の前に立っていためっっちゃ美人な三つ編みメガネ女子の正体は……俺と同じ高校に通っている最も敬愛している先輩だった。

＊＊＊

さぁ、楽しみにしていたオフ会の始まりだ！

ってそんな事言ってる場合じゃねぇ‼

という事で〝ゴリさん〟もとい〝七種先輩〟と無事（？）に合流出来た俺は、当初の予定通りゲーセンに……行けるわけもなく、お互いに一旦落ち着くためにも駅前の喫茶店に入る事にした。

「アイスコーヒーのMサイズ二つお待たせしました」

「ありがとうございます。あ、私ガムシロップ要《い》らないんで大丈夫です」

「あ、俺も大丈夫です」

「はいわかりました、それではごゆっくりどうぞ」

注文した飲み物を店員さんから受け取った俺達は、とりあえずボックスシートの席に座りながらそれを飲んで一息ついていた。

（……いや何だこの状況⁇）

さっきの出会い方があまりにも衝撃的すぎたせいで、俺は今でも七種先輩と一緒にアイスコーヒーを飲んでいるこの状況を理解出来ないでいる。

いやそもそも七種先輩って本当にゴリさんなのか？　実はドッキリとかなんじゃないのか⁇　俺はそう思って素直に先輩に尋《たず》ねてみた。

「えぇっと、改めて確認なんですけど、先輩がゴリさんって事で合ってるんですか？」

「んー？　ふふ、どうなんだろうねぇ……？」

「いやその笑いながらはぐらかす感じ絶対にゴリさんじゃないっすか！」

七種先輩はニヤニヤと笑いながら答えをはぐらかしてきた。

いや本当に信じたくないんだけど……でもこの笑いながらおちょくってくる感じはゴリさんとしか思えない。

（いやでもなんというか……ギャップが凄《すさ》まじいな）

だって俺の知ってる七種先輩はいつも優しくて柔和《にゅうわ》な笑みを浮かべてる人なんだよ？

そんな人がこんな風にニヤニヤと小悪魔的に笑ってくるなんて今まで想像すらした事

もなかった。

（……ん、あれ？　って、ちょっと待てよ⁉）

その時、俺はとある事に気づいてしまった。いやもし本当に〝ゴリさん＝七種先輩〟なのだとしたら……も、もしかして俺って〝好きな人《ゴリさん》〟に〝好きな人《七種先輩》〟の事を相談してたのかよ⁉

それに気が付いた瞬間、俺は顔から火が出そうな程恥ずかしい気持ちになった。しかもこんなの当然だけど七種先輩も気づくに決まってるじゃん！

（もしかして……もう先輩にバレてたりするか……？）

内心ではかなり焦っているんだけど……でもそれよりも今は七種先輩の様子の方が知りたかったから、俺はバレないように先輩の顔をチラッとだけ確認してみた。

「……ん？」

（……あ、や、やばい……！）

でもその瞬間、不運にも先輩とバッチリと目が合ってしまった。い、いや非常に気まずいんだけど！

「んー？　どしたん、クロちゃん？」

「え⁉　あ、い、いえ何でもないっす……」

目が合うと先輩はキョトンとした表情で俺にそう尋ねてきた。いやどうしようかなり気まず……って、あれ？　でもなんだろう？　先輩からは俺に対して何か気にしてるような様子とかは感じられないような……って、え⁉　も、もしかしてこれってまだバレてないいんじゃ……？

（そ、そんな俺に都合の良い展開があるのか⁉）

今までどれだけゴリさんに七種先輩の事を話してきたと思ってんだよ！

（いや、それでも今の俺にはもう自分に都合の良い方を信じるしかないいんだ‼）

大丈夫だよ！　だって今日の俺の運勢は四位なんだぞ？　だから大丈夫だって！　先輩はまだ気づいてないって信じようぜ……！

（まぁでももしそうだとしてもバレるのは時間の問題だけどな……）

少しでも今までの通話内容を思い出してしまったら、どう足掻《あが》いてもバレるに決まってる。

だから今の先輩には考えさせる時間を少しでも与えたくはない。何でもいいから何か話題を作らないと……！

（う、うーん、でもどうしたもんか……って、あれ？　そういえば……）

何でも良いから話題を作るためにここ最近の学校での出来事を思い出そうとしていた。

そして俺は休憩時間に自販機の前で七種先輩と出会ったあの日の事を思い出した。あの時話した内容って……。

「……あっ！　そ、そういえば、なんすかあれ！　〝私ゲーム全然上手くならないんだよねぇ……〟って！　あれ滅茶苦茶嘘《うそ》じゃないっすか!!」

「んー？　あぁ、そういやそんな事も言ったっけね、あははー！」

よく考えてみたらこの人めっちゃ嘘ついてるじゃん!!　何がゲーム全然上手くならないだよ！　俺なんかよりも遥《はる》かにゲーム上手いじゃん!!

「いやでもクロちゃんちょっと話を聞いてよ！　ゴリゴリにゲーム上手いけど毎回煽ってくる厄介《やっかい》ゲーマーな女の子よりもさぁ、ゲーム全然出来ない下手っぴだけど毎回頑張ってる健気《けなげ》な女の子の方が可愛いと思わない??」

「いやそんなん当たり前っすよ！　でもゴリさんは圧倒的前者ですからね!?」

「え??　いやいや何言ってんのクロちゃん、そんなわけないでしょ??　それにアタシだって嫌だよ、格ゲー初心者相手に当て投げでハメて気持ち良くなってる女の子なんてさあ……絶対にヤバすぎるから友達になりたくないもん」

「いやだからそれまんまゴリさんの事じゃん！　ってしかもヤバイ自覚もあったんかい!!」

「あははっ、まぁまぁ……って、あれ？　いやでもクロちゃんさぁ……」

「え、な、なんすか？」

するとと突然、七種先輩はニヤニヤと笑い出しながら俺の方を見てきた。いやあまりにも怖すぎるんですけど？

「そういえばさぁ、アタシあんまり知らなかったんだけど君はゲームがめっっっちゃ得意なんだってね？　それでさぁ……ふふ、確かアタシと会った前日にもクロちゃんは〝お友達〟をボッコボコにしてたらしいねぇ⁇」

「ぐっ……い、いやそれは」

「いやぁ知らなかったなぁ、クロちゃんってそんなに強かったんだねぇ！　んーでもさぁ、確かアタシの記憶が間違ってなければさぁ……その〝お友達〟はクロちゃんにボッコボコにされた事って一度もないはずなんだけどなぁ？　あれでもそれってておかしいよねぇ？　それじゃあクロちゃんは一体何処の誰をボコボコにしたのかなぁ？　ねぇねぇ一体誰の事をボコボコにしたのかなぁ⁇　ほらほら黙ってないでお姉さんに教えてみなよー⁇」

「ぐ、ぐぎぎ……」

矢継《やつ》ぎ早《ばや》に俺は先輩に煽られてしまった。いつもならもっと言い返してやろうと思ったはずだけど、やっぱりまだ先輩なのかゴリさんなのかよくわからなすぎてそれ以上は何も言い返せなかった。

＊＊＊

そしてその後も喫茶店でアイスコーヒーを飲みながら、今度は普段一緒にプレイしているＦＰＳゲームの話で俺達は盛り上がっていた。

「あ、そういえばペクスの新シーズンもうすぐ来るね！　流石《さすが》に今回はやる時間なさそうだから全然調べてないいんだけどさー」

「もうすぐ新シーズン来ますね！　リーク動画見ましたけど新武器めっちゃ強そうっすよ。あとはキャラ調整もだいぶ入る感じっすねー」

「へぇ、そうなんだ、新武器の追加ってだいぶ久々だね！　それにキャラ調整も入るんなら次の環境もまたガラッと変わってきそうだなー。他には何か面白そうなアプデとか入りそうだった？」

「うーん、そうっすねぇ……そういえば今回からランクマのマップが固定からローテーションに変更になるらしいっすよ」

「はぁ⁉　ちょっ何それ神アプデすぎん⁉　新シーズン始まったら早速やんぞ！」

「いや言ってる事一瞬で矛盾してるんすけど⁉」

今日一番の目の輝きを見せながら先輩はそう言ってきたので俺はすぐさまツッコミを入れた。

「冗談だよ冗談！　まぁでもたまには息抜きでインするからさ、そん時は一緒に遊んでよー？」

「はい了解っす、俺なら全然いつでも付き合いますよ！　あ、でもそう言っておいて結局毎日ログインしてるとかはなしですよ？　ちゃんと勉強してくださいね」

「ちぇー、全く信用されてないんだからなー。あはは、いやでもさー、クロちゃんの方こそ大丈夫なん？　アタシがいなくなってもランクポイントちゃんと盛れるのかなー⁇」

「いやゴリさんいない方がのびのびとプレイ出来るからポイント盛れなくても別にいいっすわ。いやー喧嘩《けんか》相手のいないストレスフリーなペクスとか久々ですわー」

「おい待てコラ！　そんな事言われたらアタシ泣くぞ！」

「はは、冗談っすよ。いつも適切な指示してくれて本当に助かってますよ、ゴリさんいつもありがとうございます！」

「……じゃあこれからは敵が目の前にいるからってアタシの指示を全無視してキルムーブに行くのやめてもろていい？」

「あははそりゃ無理っすねー」

「いや何でやねん！」

そんなこんなで俺達はお互いにいつも通り軽口を叩きながら笑い合っていた。うん、やっぱりゲーム関連の話をしてる時が一番落ち着いていられるなぁ。

（……さて、と……）

落ち着きをだいぶ取り戻した所で、もうそろそろ七種先輩との〝約束〟についてもちゃんと言及しないといけないと思った。いや実際には本当に約束をしたわけじゃないいんだけどさ。

（でもその恰好が好きだと言ったのは俺なわけだから、そんな恰好をしてくれた七種先輩には何かしら言わないと駄目だよな）

という事で俺は意を決してそれについて七種先輩に言ってみた。

「……あ、そ、そういえば……えっと、前に通話で言っていた〝約束〟ってそれの事だったんすね」

「うん？　あぁ、これ？」

俺がそう言うと、七種先輩は自分の髪を触《さわ》りながら嬉しそうに笑ってきた。

「ふふ、いいでしょー？　クロちゃんが所望した三つ編みメガネっ娘《こ》の図書委員長ちゃんスタイルを今風っぽくしてみたよ。どうよ、クロちゃん？　可愛いっしょ⁇」

「えっ⁉」

突然七種先輩に意見を求められてしまい俺は焦ってしまった。

だいぶ落ち着きを取り戻せたと思ってはいたんだけど……先輩の満面の笑みを直視したら普通に駄目だった。しかも心臓もバクバクとしてきてしまった。

（いやそんなのめっちゃ可愛くてとても似合ってるに決まってるじゃないですか‼）

いつもの先輩のサラサラロングヘアも当然好きだけど、今回のようなアレンジを加えた髪型も最高に似合っていてとても素敵だった。

だから俺は心の中で思った事をそのまま素直に伝えようとした。

「そ、それはそのえぇっと……は、はい、そ、そうっすね。そ、その、め、めちゃくちゃ似合ってると、お、思います！」

「……ふぅん？」

心の中でなら流暢《りゅうちょう》に褒める事が出来ていたのに、実際に口から出た言葉は終始しどろもどろになってしまった。

いや本当はもっとスマートに伝えたかったんだけど……でも仕方ない。女性慣れしてない男子高校生なんてこんなもんだよ……。

でも先輩は俺の言葉を聞いて少し意外そうな顔をしているようだった。先輩はすぐにニヤッと笑いながら俺にこう言ってきた。

「……ふふ、今日のクロちゃんはやけに素直だねぇ？」

「え？　い、いや知らないかもしれないっすけど、俺って結構素直なんすよ？」

「はは、んなわけ。もしクロちゃんが本当に素直な人間だっていうんなら、アタシ達あんなにしょっちゅう喧嘩なんかしないでしょ」

「う……そ、それはまぁ確かにそうなんですけども」

「あはは、それにさぁ、この恰好だって本当はクロちゃんの事をからかうつもりでやっただけだしね？　きっとクロちゃんならこの恰好で会いに行ったら物凄く挙動不審になるだろうなーって思ってさ、あははー」

「い、いや正直どうせそんな事だろうとは思ってましたけどね!!　……ま、まぁでも、そ、その、先輩のその恰好がとても似合ってると思ったのは本当ですから。だ、だから、その……えぇっと、なんていうか……あ、ありがとう、ございます……」

「んー？　ふふ、まぁそんなに喜んでくれてるのならアタシも朝早くから頑張ってセットしてきたかいがあったってもんだよー。ふふ、こちらこそありがとね」

「う、うっす……」

「あはは、でも素直なクロちゃんっていうのは本当に何だか新鮮だねぇ。ふふ、もしかしてアタシに惚《ほ》れたのかい？」

「……っ⁉」

そのセリフはいつもゴリさんが俺によく言ってくる冗談だった。

だから俺はいつもそのセリフを軽く受け流していたんだけど流石に今回は状況がアレすぎてヤバイって‼　で、でも俺は……。

「ゴ、ゴリさんと対戦する時だけしれっと無線でやってもガチギレしなければ惚れますわー」

「あはははーってはぁ⁉　ちょい待てこら‼　それはもう戦争だろっ‼」

非常にヤバかったけど、俺は何とか理性を保っていつも通りを装ってみせた。

＊＊＊

それからも喫茶店で雑談を続けていたが、程なくして俺達は会計をすませて喫茶店か

ら出る事にした。

「……さて、と……どうしよっか、神木君？」

「え？　な、何がですか？」

喫茶店から出るとすぐに七種先輩は俺にそう尋ねてきた。

先ほどまで先輩は俺の事をずっと〝クロちゃん〟と呼んでいたのに、それがいきなり本名に変わったので俺はビックリしてしまった。俺は何事かと思って七種先輩の顔を見た。

すると先輩の顔は先ほどのニヤッとした笑い顔から一転して、今は神妙《しんみょう》な顔つきというか、少しかしこまった様子になってこちらを見ていた。

その七種先輩の顔つきを見て俺は何となく察してしまった。

「……あ、やっぱりその、バレてましたか……？」

「いやそれはまぁね……というか流石に気づかない方がおかしいでしょ」

「で、ですよねー……」

俺の健闘も虚《むな》しく、七種先輩には俺の〝好きな人〟は誰なのかなんてさっきの時点で気がついていたようだ。これからは星座占いなんて絶対に信用しない。

「そ、それで？　どうするって何がですか？」

「あぁ、うん。えっとさ、今日はその……このまま解散した方が良くないかなって」

「……え？」

七種先輩からあまりにも予想外な言葉が飛んできたので、俺はすかさず理由を尋ねてみた。

「え、えっと、どうしてですか？」

「うん、まぁ何というかさ、やっぱりお互いに気まずい所があるのかなぁって思うんだよね」

「い、いやそれはまぁ……そういう気持ちがないと言ったら嘘になりますけど。さっきから俺の心臓バクバクしっぱなしですし」

「あ、やっぱりそうだよね。私だって平気な顔を装ってたけど、内心かなりバクバクしてたんだからね」

「え⁉　先輩もなんですか⁉」

かなり焦っていた俺なんかとは違って、七種先輩は終始堂々とした様子だったから緊張なんて全然してないと思っていたんだけど……でも実際には違ったらしい。

「そりゃそうだよ。だってまさかリアルの私を知ってる人が来るだなんて想像もしてなかったしさ。だからさっきもずっとさ……あぁ、何で今まであんなイキリ散らした事言っちゃったんだろうなぁ……って心の中で物凄く後悔しながら喋ってたんだからね」

「い、いやそれはお互い様ですし、そんなに気にしなくても」

「あはは、確かにそれはお互い様か。まぁでも……うん、それにさ……」

「そ、それに？」

俺が七種先輩にそう聞き返すと……先輩は申し訳なさそうな顔をしながら続きを喋り始めた。

「それにさ、神木君が好k……じゃなくて、尊敬してくれてるのって学校の〝私〟であってさ、いつも君と喧嘩をしてる〝アタシ〟じゃないでしょ？　だから何というか……神木君には申し訳ない事しちゃったなぁ……って思ってさ。あはは、幻滅させせちゃってごめんね」

「っ⁉」

本当ならすぐにその言葉を否定したかったんだけど……でも先輩があまりにも申し訳なさそうな顔をしながらそう言ってきたので、俺はとっさに上手く言葉が出せなかった。

「あとはさ、ほら……神木君は〝私〟の前だと緊張して上手く喋れないって〝アタシ〟に言ってたじゃない？」

「え⁉　あ、い、いえそれはその……」

「だからせめてさ、少しでも神木君の緊張を紛《まぎ》らわせられればいいなぁって思って、普段のアタシとクロちゃんっぽくなるように頑張ってみたんだけどね」

「え……？　あっ！　じゃ、じゃあさっきまでのってもしかして？」

七種先輩の正体がゴリさんだとわかった後も、何故《なぜ》か七種先輩はずっと〝ゴリさん〟として俺に接してきていた。

（あ、それじゃあ先輩は安心感を与えるためにわざと煽ってきてたのか）

それはどうやら俺に緊張感や気まずさといったものをなるべく与えさせないようにするために、わざと〝いつもの先輩〟ではなく〝いつものゴリさん〟として俺に接してくれていたらしい。

「うん。だから……もし神木君に不快に思わせちゃってたらごめんね」

「え⁉　い、いえそんなの全然っすよ！」

そう言って先輩は謝りながら頭を下げてきたので、俺は慌ててそんな事はないと言いながらそれを制した。

だって俺は先輩に幻滅なんてしてないし、不快にだって思ってないんだから。

（……うん、でもやっぱり先輩って……物凄く優しい人なんだな……）

その時、俺は七種先輩の事を改めてそういう風に思った。

だって先輩だって物凄く気まずかったはずなのに、それでも俺に変な気を遣わせないようにずっとゴリさんとして接してくれてたんだから。

「だからさ……お互いに思う事もあると思うし……今日はもう解散しよっか？」

改めて先輩は申し訳なさそうにしながら悲しそうに俺にそう言ってきた。俺はそんな先輩の顔を見るのが辛《つら》かった。

（……違う）

確かにお互いに変な緊張やら気まずい気持ちやらを抱えてしまっているのは事実だけど、それでも俺達は今日のオフ会を本当に楽しみにしていたんだ。

だから先輩にこんな悲しそうな顔をさせてしまうのだけは絶対に違うんだ。

（……うん、やっぱり違うよな！）

そう思った俺は覚悟を決めて自分の頬《ほお》を両手で思いっきり叩いた。そんな俺の奇行を見て七種先輩はビックリした様子で俺に喋りかけてきた。

「え⁉　ど、どうしたの神木君？」

「……いえ、ちょっと目を覚ますための準備をしてました。それであの……ちょっとお願いがあるんですけど、さっきの〝解散しよっか〟の件《くだり》をもう一度言ってもらえませんか？」

「え、な、なんで？」

「すいません、何も言わずにお願いします」

「う、うん？　じゃ、じゃあ……今日はもう解散しよっか？」

「ありがとうございます先輩。それじゃあ……いきますよ！」

「え？　う、うん？」

先輩は最後まで俺のために色々と気を遣って接してくれていた。だから俺はそんな優しい先輩に伝えたい事はちゃんと口にする事にした。

「はぁ⁉　ちょっと何言ってるんすか⁉」

「え？　な、なに？」

先輩は俺がいきなり大きな声を出した事でとてもビックリした様子で俺の事を見てきた。

「いや確かに七種先輩がゴリさんだったのはめっちゃビックリしましたし、今まで尊敬する先輩相手に喧嘩ふっかけたり煽りまくったりイキり散らしてたのかよ……って俺も内心バクバクしてるんすよ！」

「じゃ、じゃあっ――」

「でも俺は今日はそんな尊敬してる先輩と遊びに来たわけじゃないんです！　いつも喧

嘩ばかりしてるけど、それでも一緒に馬鹿な事しながら笑い合える一番の友達と今日は遊びに来たんすよ！」

「……！」

俺がそう言うと先輩は驚いた様子でこちらを見つめてきた。でも俺はその視線を気にせずそのまま喋り続けた。

「だ、第一今日誘ってきたのはそっちですからね！　普段からドチャクソに口が悪くて常に煽り散らかしてるイキり脳筋《のうきん》ゴリラが俺と遊びたいって誘ってきたから、俺も埼玉の超ド田舎《いなか》からはるばる東京まで来たんすよ！　それなのになんでゴリさんがそんなに気まずくなってるんすか！」

「……ちょ、ちょい待ちよ」

先輩は少し気まずそうな顔をしてはいるけど、それでもちゃんといつも通りツッコミを入れてくれた。俺はそんな先輩の様子を見守りながら続きを喋った。

「……正直、俺だってまだ気まずい気持ちで一杯です。というか今でもゴリさんと七種先輩が同一人物だなんて……ぶっちゃけまだ信じられてないです、すいません……」

「う、ううん、そんなの当然だよ」

正直、喫茶店で七種先輩と話をしていた時からずっと違和感を覚えてたんだ。

だって見た目は七種先輩なのに中身はゴリさんだって言うんだよ？　そんな事を突然言われても頭がバグるに決まってるじゃないか。でも……。

「で、でも、俺は今日ゴリさんと一緒に遊ぶのを本当に楽しみにしてたんです。だって俺にとってゴリさんは今までずっと一緒になってアホな事しながら笑い合って遊んできた最高の友達なんですよ。そして俺としてはこれからもゴリさんとはずっとそんな関係でありたいと思ってるんです。ゴリさんは違うんすか？」

「え……？　そ、それはまぁ……私もそうでありたいと思うけど」

「じゃあそれで良いじゃないですか！　お互いにそう思ってるんならきっと大丈夫ですって！　だからその……えっと、さっきの七種先輩の質問への回答ですけど……友達相手に気まずくなってんじゃねぇっすよ！　ほら、さっさと次に行きますよゴリさん！」

「……っ……」

俺は終始緊張しっぱなしだったのだけど、それでもしっかりと自分の本心を七種先輩に伝えた。

すると先輩は俯《うつむ》きながら黙ってしまったんだけど……でもすぐに何かを小さく呟き始めた。

「……ふふ、そっか、うん、そうだよね……」

「え、先輩？　ど、どうかしましたか？」

「あぁ、いやごめん、ちょっとだけ待ってもらえるかな？」

「あ、は、はい……？」


――バシッ‼


先輩は小さく呟いたと思ったら、突然に自分の頬を両手で思いっきり叩き出した。それは先ほど俺が気合を入れるためにやったのと全く同じ行為だった。

でもあまりにも突然すぎる行動だったので、俺はかなり驚いた表情をしながら先輩に喋りかけた。

「え⁉　ど、どうしたんですか先輩⁉」

「……いや、ちょっとね、目を覚ますための準備をしたんだよ。ふふ……でも本当に君は……うん、そうだよねぇ……やっぱりそれでこそクロちゃんだよねぇ！」

「え？　え？」

頬を叩き終えた先輩は不敵《ふてき》な笑みを浮かべながらそう言ってきた。

「オッケー！　それじゃあまずは当初の目的通りゲーセンに行こっか。そんでその後にクロちゃんの目当ての物を買いに行こうよ」

「あ、はい、そうですね。そうしましょ——」

「良しっ！　それじゃあ早速ゲーセンに行くよクロちゃん！　ほらほらっ！」

「え⁉　あ、ちょっ待っ⁉」

そう言うと七種先輩は俺の手をぎゅっと掴んできて、そのまま駅前にあるゲームセンターへと連れて行った。

＊＊＊

という事で俺はゴリさ……じゃなくて七種先輩に手を引っ張られながらゲーセンの中へと入っていった。

今日は休日とはいってもまだ午前中で早い時間帯だったので、ゲーセンの中はまだまだ空《す》いている状態だった。

「いやー、やっぱりゲーセンは良いね！　何かテンション上がっちゃうよね！」

「え⁉　あ、は、はい、そうっすよね！」

ゲーセンの中に入って早々に七種先輩はそんな事を言ってきた。

なので一応俺も先輩の意見に同意はしたんだけど……でもやっぱり俺の頭の中はこんがらがっていた。

（え、えっと……今俺は一体誰と喋ってるんだ⁇）

外見は俺の慕っている七種先輩なんだけど、喋り口調は悪友のゴリさんだ。さっきは威勢のいい事を言ったけど、やっぱりまだ頭がバグりそうになる。

「あれ？　どうしたん、クロちゃん？」

「……え⁉　あ、あぁいや、その、何のゲームやろうかなーって思いまして」

「あ、そういう事？　うーん、そうだなぁ……あっ！　ふふ、それじゃあせっかくだし二人で可愛くプリクラでも撮《と》ろっか⁇」

「ぷっ⁉　な、何言ってるんですか⁉」

「あはは、冗談だよ冗談。いつもの他愛ない軽口だよ」

「え？　あ、あぁ……そ、そうっすよね」

いつもなら俺も〝いや撮るわけないだろ〟って軽く受け流す所だったんだけど、でもそれがとっさに口から出なかった。

だって目の前にいる人は七種先輩なんだもん。七種先輩から〝一緒にプリクラ撮ろっか？〟って言われたら挙動不審な態度になるに決まっててんじゃん。誰だってそうなるって。

「んー？　あれ？　ひょっとして……一緒に撮りたかった⁇」

「えっ⁉」

「おいおいなんだよ～、一緒にプリクラ撮ってみたいってんなら素直にそう言えよな～⁇」

「え、あ、いや違くて！　そういうわけじゃなくて！」

七種先輩にそう尋ねられた俺はとっさに言葉が出ずに狼狽《うろた》えてしまった。そしてそんな様子を見た七種先輩はニマニマと笑いながら喋ってきた。

「あはは、そっかそっか～、いやそうだよね～？　アタシみたいな可愛い女の子と一緒にプリクラ撮りたいに決まってるよね～⁇　うんうん、じゃあまぁ、しょうがないなぁ」

「え……？」

「んじゃあさ……今から格ゲーやってさ、それで一勝でも出来たら一緒にプリクラ撮ってあげよっか⁇」

「え⁉　ま、まじすか⁉」

「ふふ、クロちゃんはそこで強がって〝いや別にお前とプリクラなんて撮りたくねぇよ〟って言わない辺り素直で良い子だよねー」

「う……い、いやまぁそれはその……！」

い、いやだってさ、目の前にいる人が〝七種先輩〟なのか〝ゴリさん〟なのか未だによくわかってないんだけどさ……でも外見は完全に俺の好きな女子なんだよ⁇

そんな好きな女子と二人きりでプリクラを撮れるだなんて嫌がる理由は何一つないじゃん？　まぁそれを好きな女子からそう指摘されたらめっちゃ恥ずかしいんだけどさ……。

「あはは、別に照れなくても良いじゃんー。お姉さん的には捻《ひね》くれてる子なんかより素直な子の方が断然良いと思うよ」

「え、そ、そうですかね？」

「うんうん、絶対にそうだよー！　あはは、まぁそれじゃあ早速格ゲーのコーナーに行ってみよっか！」

「あ、は、はい、わかりました！」

七種先輩は笑いながらそう提案してきてくれたので、俺も頷《うなず》き返《かえ》して先輩の後ろについていきながら一緒に格ゲーのコーナーへと移動する事にした。

＊＊＊

俺達はゲーセンの地下にある格ゲーのコーナーに移動してきた。

目の前には格ゲー界隈《かいわい》で一番流行っている1 on 1のストリートのファイターゲームに、鉄の拳が飛び交うゲーム、そして少し先には2 on 2のロボット同士で戦うゲームなどの超人気タイトルの格ゲーがずらっと並んでいた。

いつも俺と先輩がやっている格ゲーは家庭用ゲームなのでゲーセンに置いてないのだけど、でも格ゲーの種類としては一番流行っているストリートのファイターゲームとシステムはほぼ同じなので俺達はそのゲームで対戦する事にした。

「そういや先輩ってこのシリーズの格ゲーはやった事あるんですか？」

「もちろんあるよー。あたぎさんとネット対戦で遊んでたのこのシリーズだしさ」

「あ、そうだったんですか。って、あれ？　でもそれって一体いつくらいから始めたんですか？」

「うーん、クロちゃんがソシャゲの格ゲーを一緒に買おうって言った次の日からかな？　その日からあたぎさんにお願いして格ゲーの練習に付き合ってもらってたんだよ」

「え⁉　いやそれめっちゃ昔じゃないですか！　今から一年くらい前じゃないです？　ってか練習するんだったら俺にも声かけてくれてもいいじゃないですか！」

「いやーあの時はいかにしてクロちゃんを発売日当日にボコボコにするかどうかしか考えてなかったからさー、あはは！」

「いやちょい待ち！　それは根性捻くれすぎでしょ！」

「まぁまぁそんな昔の話はいいじゃん！　せっかく来たんだし早く店内対戦しようよ！　そんじゃあ、まぁお先に……よいしょっと」

そうケラケラと笑いながら先輩はゲーセンの筐体《きょうたい》の前に可愛らしくちょこんと座った。そんな先輩の後ろ姿を俺はぼーっと眺めてしまう。

「あれ？　クロちゃんもぼーっとしてないで座りなよ、ほらほらっ！」

「……え？　あ、あぁ、はい！」

先輩にそう促《うなが》されたので、急いで俺も筐体の方に向かった。

ここのゲーセンは筐体が横並びに設置されているので、店内対戦をする時は必然的に横並びで対戦をする事になる。なので俺はちょっとドギマギしながらも先輩が座っている筐体の隣に座った。

そして俺は改めてそこで先輩の姿を見た。今日の先輩は可愛らしい丸メガネにオシャレな三つ編みヘアというといつもとはガラリと変わったスタイルだ。

いつも見ている制服姿とは違って先輩の私服姿もとても可愛らしくて本当にドキドキとしてしまった。

「んー？　どしたんクロちゃん？　しかめっ面《つら》しちゃってさー？」

「……え⁉　あ、あぁ、えぇっとその……」

俺が筐体に座ってるのにお金を入れてプレイを始めようとしないため、先輩はきょとんとしながら首を傾《かし》げて俺の事を不思議そうに見てきた。とりあえず俺は笑って誤魔化す事にした。

「い、いや、何だか対戦相手が隣にいるってちょっと緊張しません？　あ、あはは……」

「あー、確かにそれはあるかもね。いつもネット対戦だから相手がどんな顔しながらやってるかなんて考えもしないもんねー」

「あ、はい、そうなんですよね」

先輩にそう伝えてみると、先輩は納得した様子で俺の言葉に同意してくれたのでホッとした。

「でも確かにそう言われてみるとさぁ……アタシも隣に座ってる子に向けてバチクソに

煽りながらプレイなんて絶対に出来ないよね。ふふ、それじゃあ今日はちょっとお淑《しと》やかにゲームしようかな？」

「いや、本来なら対面してようがしてなかろうがバチクソに煽るのはマナー違反なんですけどね⁉」

「あはは、まぁそうなんだけどさ！　それじゃあ今日はお互いに初めてのリアル対戦なわけだしさ、何も考えずに気楽に戦おうよ！　お互いにエンジョイプレイでまったりとやろうよ！　あんまりギスギスしてもよくないだろうしさー」

「あ、いいですね！　それでいきましょう！」

先輩が優しい提案をしてくれたので、俺はその提案に同意する事にした。という事で早速俺はバッグからサイフを取り出して一〇〇円を出した。そしてその時に俺はチラッと先輩の姿をもう一度だけ見てみると……ピシッとした姿勢でアケコンを握ってるその姿は何というかその……いやもう中身とのギャップがエグすぎて頭がバグりそうになる。

（……いや一旦考えるのをやめよう）

先輩もエンジョイプレイでまったりとやろうって言ってくれてるし、今は難しい事は何も考えずに肩の力を抜いて楽しくプレイした方が良いよな。

俺はそう思いながら筐体に一〇〇円を投入して店内対戦を選んだ。

「よし、それじゃあ今日はお互いにまったりと楽しんでやろうね！」

「はい、お手柔らかにお願いしますね」

「うんうん、こちらこそだよ！　それじゃあ対戦よろしくねー！」

「はい、よろしくk……」


——Fight！

ガチャッ！　ガチャガチャガチャガチャガチャッ‼

「……は？　え……ちょっ⁉」


先輩は俺に向けてとても温かい言葉を送ってくれていたはずなのに……いざ戦いが始まったその瞬間この先輩は恐ろしい猛攻をいきなり繰り広げてきた。

俺はその猛攻への反応が出遅れたせいで何も出来ず終始ガードする事を強《し》いられてしまっていた。

「へいへーい！　クロちゃんそんなずっとガードばかりしてていいんかー⁇　足元がお

留守なんですけどー⁇」

「ちょ、ちょっ‼　いやちょい待ってってって‼」

「あはは、待つわけないじゃん！　ほらほらーどしたよクロちゃん⁇」

「いや汚いって！　言ってる事とやってる事全然違うじゃん‼」

「アタシがクロちゃん相手にそんな温《ぬる》いプレイするわけないでしょー！　ってかそんな日和《ひよ》った択ばっかりしてたらすぐに画面端になっちゃうけど大丈夫ー⁇」

「い、いやわかってるけど！　でもんな事言われたって無理だって！」

俺も必死に抵抗しようとはしてるんだけど、でもどんどんと後ろの方に追いやられてしまい、気が付いたらそのまま画面端にまで追い込まれてしまっていた。

「ぷははw　オイオイ死ぬわアイツｗｗ」

「いやうっさいな！　でもまだここから抜けられればワンチャンあるから！」

「えぇ⁉　も、もしかしてまだ逃げられると思ってるんですかぁ⁇」

「は、はぁ？　なに言ってんですか？　余裕で逃げきってみせ……って、はぁ⁉」

俺はとっさにジャンプして相手の背後に回ろうとしたんだけど、そんなの先輩には余裕で見切られていたようで対空技で綺麗《きれい》に地面へと叩《たた》き落《お》とされてしまった。

その後はひたすら先輩の猛攻が飛んできてしまい、俺はそのまますすべなく一ラウンド目はKO負けとなってしまった。

――KO‼

「はい対あり！」

「な、なんじゃそりゃ……⁉」

その後のラウンドもたて続けに負けてしまい、先輩の勝利リザルトが画面に表示されてゲームが終わった。

そして先輩は対あり、と言いながらドヤ顔で俺の事を見てきた。そのドヤ顔を見せつけられた俺は当然めっちゃ悔しい気持ちになってるんだけど、でもそんな事よりも……。

（い、いやめっちゃ強すぎだろこの人‼）

圧倒的敗北とはこういう事を言うんだろうか……まぁいつもやってる格ゲーとは違うタイトルだからそりゃあ負けるのは当然なんだけど、いやそれにしても先輩の本気というのを見せつけられた気がした。

「ぷはは愉快愉快っ！」

「いやこっちは不愉快なんすけど⁉」

「あはは、ごめんごめん！」

俺は口をとがらせながらそう言うと、先輩は悪びれた様子もなくテヘッと可愛らしく謝ってきた。

まぁ俺も本気で不愉快だと思って言ってるわけじゃない事を先輩もわかってるからそんな様子で謝ってきたんだけど。

「それでー？　どうするよ？　まだ続けるかい？」

「いや当たり前でしょ！　もう一回やるに決まってるじゃないですか！」

「あはは！　いいよいいよー！　じゃあ続けて二戦目いこうかー！」

という事で俺はまた一〇〇円を投入してもう一度店内対戦を選んだ。ドヤ顔を決め込んでいる先輩に一泡吹かせてみせるんだい……！

＊＊＊

それから数十分が経過した。

先輩は筐体の前で項垂《うなだ》れている俺に向かって心配そうに声をかけてくれた。

「だ、大丈夫……？」

「…………」

先輩との店内対戦の結果は一〇戦やって〇勝一〇敗という圧倒的大敗北で終わった。

今までゴリさんとは色々なゲームで戦ってきたけど、おそらく今日が一番ボコボコにされた日だと思う。

こんなに完膚《かんぷ》なきまでボコボコにされてめっちゃ悔しい。いや悔しいんだけど……まぁでもさ……。

「い、いや、えぇっとその……あ、あはは、ちーっとばかりやりすぎちゃったかなー。いや普通にごめんなさ……」

「先輩っ！」

「うわっビックリした⁉　ど、どしたん？」

俺が落ち込んでると思ったようで先輩は謝ろうとしてきたんだけど、でも俺の心の中は全く落ち込んではいなくて、むしろ清々《すがすが》しい気持ちになっていた。

だから俺は今思ってる事を素直に先輩に伝えようとした。

（……あぁいや違うよな）

俺は今思っている事を先輩に伝えようとしたけど、俺は慌てて訂正した。うん、そうだよな、今目の前にいる人は先輩じゃなくて、この人は……。

「いやマジで凄いっすね！　せんぱ……ゴリさん！」

「え？　え⁇」

俺は目を輝かせながら〝先輩〟にではなく〝ゴリさん〟に向けて興奮気味に喋り始めた。

そりゃあ当然めっちゃ悔しいという気持ちもあるけど、それよりも嬉しいという気持ちの方が勝っていた。何故かと言えば、それはやっぱりこの人はゴリさんなんだとちゃんと認識出来たからだ。

「いやマジで強すぎるっすわ！　あんなに手が出せないなんて腹立たしさを通り越して感動を覚えましたよ！　いや本当に凄すぎてちょっともう語彙力《ごいりょく》なくなりましたわ！」

「……お、おいおいー、そんなに褒めたって何も出ないよ？　あ、あははー」

「いやいや！　マジで本心でそう思ったんですよ！」

俺はさっきまでは目の前にいるこの人が〝七種先輩〟なのか〝ゴリさん〟なのかで頭がこんがらがっていた。というか見た目が七種先輩な時点で、俺にとってこの人はゴリさんではなくて七種先輩だったんだ。

でも実際にこの人と一緒にゲーセンに行ってゲームをしてみて、さらにお互いに罵《のの》り合《あ》いながら店内対戦をしてみて俺はようやくこの人がゴリさんだって事を理解出来たんだ。

だからもう色々と難しく考えるのはやめよう。今目の前にいる人はゴリさん、俺にとって最高の友達なんだ。それだけわかっていればもういいじゃないか。

「ってか最初の試合ですけど、俺が壁際からのジャンプで抜けようとした時にピンポイントで叩き落としてきたんですけど、あれって俺がそうするって読んでたんすか？」

「あぁ、うん。まぁ初心者なら絶対にやる事だからどうせクロちゃんもやるだろうなぁって思ってさ」

「あ、そうなんすね。やっぱりゴリさんには行動バレバレだったのかぁ」

「ふふ、そりゃあクロちゃんとは付き合い長いからねー！　君の考える事なんてお見通しだよ！」

俺が笑いながらそう言うとゴリさんもあははと笑いながら応えてきてくれた。うん、やっぱり俺達はこうやって罵り合いながらも尊敬し合える仲なのが良いよな。

「いやでもアケコンを使いこなせるのってやっぱり凄いっすよね！　ゴリさんの指使いめっちゃカッコよかったっすわ！」

「どしたんクロちゃん？　そんなにお世辞《せじ》で褒めても何もでないよー？」

「いやいやマジで尊敬してますって！　俺も今日アケコン買う気ではいましたけど、もう今すぐにでも欲しくなりましたもん」

「おっいいねー！　じゃあ店内対戦のキリも良いしさ、この後はクロちゃんのアケコンを買いに行こっか⁉」

「はいっ！　あ、でも……せっかくだし、良かったらゴリさんのランクマ潜《もぐ》ってる所も見せてくださいよ」

「え？　ランクマ？　別にいいけど」

俺はゴリさんの本気の戦いも見たくなったので、ゴリさんにランクマを挑戦するようお願いしてみた。

ランクマとはオンラインによる対人戦の事だ。

自身が保有しているポイントに応じて対戦相手が決まり、そしてその対戦結果に応じて自身の保有しているポイントが増減するという対戦モードになっている。つまりは遊びなしの本気の戦いを繰り広げるのがランクマというモードなのだ。

「お、対戦相手が見つかったね。んじゃあまぁ……ちょっと本気見せちゃおっかなー？」

「あはは、そんな事言っておいて対戦相手にフルボッコにされたら滅茶苦茶に煽ってあげますわ」

「いやちょい待ちよ！　何でアタシがクロちゃんに煽られなきゃならないのよ⁉　アタシが負けてもクロちゃんの手柄じゃないんだけど⁉」

「あはは！　いや全力で応援しますよ、まぁもちろん対戦相手の事をですけどね！」

「いや何でよ！　アタシを応援しろよ！」

「あはは、冗談っすよ！　ゴリさんの事をめっちゃ応援してますよ！」

そんな煽りをゴリさんに向けてしているとちょうど対戦相手との試合が始まったので、俺はゴリさんの後ろに立ってその対戦を見守る事にした。

（……ん？　あれ、なんか忘れてるような……？）

最初は〝先輩〟と一緒にプリクラを撮れる権利を手に入れるために格ゲーコーナに来たんだけど……でも俺はもうそんな事はすっかり忘れて〝ゴリさん〟のガチ戦を純粋に応援しているのであった。

＊＊＊

それから数時間が経過した。

辺りもどんどんと暗くなってきたので、今日はもうそろそろ解散しようという事になり俺達は最初に集合した駅前へと戻ってきた。

「いやぁ、遊んだ遊んだ！　あはは、どうだったかな、クロちゃんは楽しめたかな？」

「はい、もちろんっすよ！」

当然の如《ごと》くゲーセンでゴリさんにボッコボコにされた後は、俺の買い物に付き合ってもらいつつ、前々から行ってみたいと思っていたパソコンショップにも足を運んでみた。気になっていた渋《しぶ》タクモデルのカスタムＰＣも生で見る事が出来たのでとても嬉しかった。

パソコンショップで一通り買いたかったパソコン周りの製品を購入した後は、最後に家電量販店に行って待望のアケコンを購入したのであった。もちろんアケコンはゴリさんにオススメしてもらったものを購入した。

「そかそか、うん、それなら良かったよ！」

今日は色々な所を歩き続けた一日だったんだけど、でも俺にとっては疲労感よりも充実感を覚える一日となった。

(最初はどうなるかと思ったけど……うん、やっぱりオフ会が出来て良かったな)

そりゃあ七種先輩と出会った瞬間はとてつもない緊張感やら気まずさで頭が一杯にな

ったけど……最終的にはとても楽しい一日を過ごす事が出来た。

何だかんだいっても、ゴリさんとは三年近くもほぼ毎日のように遊んできたネトゲ仲間だし、気心が知れた人とのオフ会というのは本当にとても楽しかった。

「ふふ、でもクロちゃん調子乗って物買いすぎだよー。帰る時に電車に荷物忘れてうっかり降りないでよー？」

「はは、それだけは本当に気を付けますよ」

俺がそんな事を思っていると、ゴリさんは俺の両手にぶら下がっている大量の紙袋を指さして笑ってきた。

その紙袋の中身は今日買い物をした数々の製品が入っているんだけど、その中でも今日一番の高価な買い物は最後に購入したアケコンだった。

「いやでもアケコンってあんなに種類があるんですね。値段の上下幅もめっちゃあってビックリしましたよ」

「やっぱりどんな製品でも初心者用のローエンドから上級者用のハイエンドまで幅広くあるからさ、当然値段もピンキリになっちゃうよね」

「あぁ、確かにそれはそうっすよね」

という事で俺はゴリさんにオススメされたアケコンを買ったのだけど、値段はおよそ一・五万円くらいした。値段的にミドルタイプと言ったらいいのかな？

「でもこれだけ製品の幅が広いと結局どれを買えば良いかめっちゃ悩んじゃいますよね」

「実際に今日のクロちゃんはどのキーボードとマウス買うかでめっっちゃ悩んでたしねぇ」

「う……い、いや本当に今日は長時間買い物に付き合ってもらっちゃってすいません……」

「ううん、いいよいいよ。アタシもクロちゃんの悩んじゃう気持ちはすっごくわかるしさ」

俺が申し訳なさそうにそう言うと、ゴリさんは全然気にしてないという素振《そぶ》りをしながら笑ってくれた。

「そのアケコンはさ、私も使ってるけど本当に使いやすくてコスパ最強だからオススメだよ。だから是非とも頑張って使いこなしてみてね！」

「はい！　いやコスパについては実際に使ってる人じゃなきゃわからないからゴリさんのアドバイスは助かりましたよ！　本当にありがとうございます！」

「ううん、全然良いってことよ！　まぁそれにさぁ、ふふ……もしもって可能性もワンチャンあるしねぇ……ふふふ」

「え？　もしもって……一体何の事っすか？」

　ゴリさんが何やら含みのある笑い方をしてきたので、俺は怪訝な顔をしながら聞き返してみた。

「ふふ……いやさぁ、もしクロちゃんがアケコンを全く使いこなせなくてさ……俺こんな漬物石《アケコン》要らねぇよ！　パッドに戻るぞ‼　ってなった時にさぁ、その邪魔になるであろう漬物石《アケコン》を格安でアタシに譲って貰えるかもしれないじゃん？」

「いや考えてる事めっちゃせこいんすけど⁉」

「ふふふ、合理的な女と呼んでくれてかまわないよ？」

　俺がそうツッコミを入れるとゴリさんは楽しそうに笑ってきた。いや、俺はゴリさんにアケコンを奪われないようにちゃんと使いこなしてみせるさ。

「いやぁ、それにしてもクロちゃんそんなに沢山買っちゃって大丈夫なの？　今日だけでめっちゃ散財しちゃったでしょ？」

「いえいえ今日買ったのは全部必要な物なんで大丈夫っすよ！　……まぁバイト代の三ヶ月分くらいは飛びましたけども」

「あらあら、それは大変だねぇ。ふふ、それじゃあクロちゃんの大好きな爆死ガチャ芸もしばらくはお預けだねぇ」

「いや好きで爆死してるわけじゃないんすけど⁉　ってかそもそも芸じゃないし！」

確かにソシャゲの課金ガチャはほぼ毎回爆死してるけど俺だって好きで爆死してるわけじゃねぇから！　で、でも、確率は収束するって偉い人が言ってたから……だから次の水着限定ガチャはきっと大丈夫なはず……！

「ま、まぁしばらくはバイト生活頑張りますよ。それでその……ゴリさんはどうでしたか？　今日は楽しめましたか？」

「アタシ？　アタシはねぇ……」

俺がそう聞くとゴリさんは少しの間だけ目を閉じて……そしてすぐに目を開けて俺にこう言ってきた。

「うんっ！　もちろん最高に楽しかったよ！」

ゴリさんは満面の笑みを俺に向けてそう言ってきた。そんなゴリさんの満面の笑みを見て俺はドキッとしてしまった。

よくよく考えてみたらさ……今日は一日中ずっと憧《あこが》れの先輩と一緒に過ごしてたんだよな。いやそう思うと今更だけど顔がどんどんと赤くなってきた……。

「どうしたのクロちゃん？　いきなり黙っちゃってさ？」

「え⁉　あ、い、いえ、な、何でもないですっ！」

「んー？　ふふ、もしかして……アタシに惚れたのかい？」

「……っ！」

俺があまりにも挙動不審な態度をしていたせいでゴリさんはケラケラと笑いながらそう弄《いじ》ってきた。そしていつもはその冗談を軽く受け流していたんだけど、でも俺は……。

「……不覚にも、生まれて初めてゴリさんにドキッとしてしまいました」

「……あらま？」

いつもはその冗談を軽く受け流していたんだけど、俺はもういいやと思ってゴリさんにそう言った。

でも恥ずかしいことは恥ずかしいから俺は赤くなってる顔をゴリさんに見せないようにそっぽを向きながらそう言った。

「……ふふ、今日のクロちゃんは本当に素直だねぇ、お姉さん本当にビックリだよ？」

「だ、だからさっきも言いましたけど、俺は割と素直で良い子なんすよ？」

「ふふ、そんなのもちろん知ってるよ」

「はいはい……って、え？」

まさかゴリさんが俺の言葉を肯定してくるなんて思ってもみなかったので、俺は素《す》っ頓狂《とんきょう》な声を出しながら思わずゴリさんの顔を見た。

　するとその視線に気が付いたゴリさんはさっきまでとは打って変わってとても優しい口調で俺に喋りかけてきた。

「ふふ、神木君が素直で良い子だって事はもちろん知ってるよ。一年の頃から生徒会の仕事を一生懸命頑張ってくれてるしさ、それに私が困ってたら助けてくれる優しい子だって事も知ってるよ」

「え、と……」

　その優しい口調はまさにいつもの七種先輩の口調だった。

　そしてまさか七種先輩からそんな事を言われるなんて思ってもみなかったので、俺の顔はさっきよりもどんどんと真っ赤《まっか》になっていってしまった。

　あまりにも恥ずかしいので俺はゴリさんに顔を見られないように頭を少しずつ下げていったんだけど……でもゴリさんの話はこれで終わりではなかった。

「……ま、それにさ……うん、神木君なら私も良いけどね。ふふ、まぁこんな可愛げのないアタシでも良いんだったらだけどね？」

「……え⁉　そ、それって……？」

　そんな意味深な発言を聞いて俺は項垂れていた頭を一気に上げると……そこにはニヤ

ニヤと不敵な笑みを浮かべているゴリさんが腕を組みながら立っていた。

「ふふ、どうするよー？　今ならクロちゃんがちゃんと言葉にしてくれたらさ……もしかしたら……もしかしたらがあるかもしれないよー？　くすくす……」

「……っ」

先ほどまでの優しい七種先輩の口調から一転して今度はいつもの憎たらしいゴリさんに戻っていた。そしてその笑い方もいつもの七種先輩がしてくれるような優しくて柔和な笑みなどでは決してなかった。

何というかこう、変な悪戯《いたずら》を企《たくら》んでこちらの様子を見て楽しんでいるような、そんな感じの小悪魔じみた笑い方だった。そしてゴリさんがそんな小悪魔じみた笑い方をしている理由はもちろん……。

「んー？　どうしたのクロちゃん？　いきなり黙っちゃってさぁ？」

俺が黙っているとゴリさんはニヤニヤと笑いながら俺の顔を見続けてきた。でもそんなゴリさんの表情の目の奥では俺にこう喋りかけてるように聞こえてきた。

――クロちゃんならさぁ……当然わかってるよね⁇

いや実際にはゴリさんは何も口に出していないんだけど、でも俺にはゴリさんがそう言ってるように聞こえたんだ。そしてそれはもちろん……。

（はは、そんなの……わかってますよ）

ゴリさんが俺に何と言ってほしいのかなんて当然わかる。

だって俺とゴリさんはこの三年間、ほぼ毎日のように馬鹿な事したり喧嘩したり笑い合ったりしてきた悪友なんだから。ゴリさんの考えてる事なんて手に取るようにわかるさ。

「……いや、今日はしないっすよ」

「……ふぅん、そうなんだ？　あはは、そりゃあ残念だけどさぁ……ふふ、やっぱりクロちゃんはヘタレさんだねぇ……」

「いや違いますすよ、そうじゃないっす。あ、いや俺がヘタレなのはもう今更なんで認めますけども」

「……へぇ？　じゃあさ、クロちゃんが〝それ〟をアタシにしてくれない理由は何なのかなぁ？　もし今クロちゃんが〝それ〟をしてくれたら、アタシはオッケーするかもしれないって言ってるんだよ？　それなのにしない理由って何なのかな？　お姉さんにわかりやすく教えてよー？」

ゴリさんはニヤニヤと笑いながら挑発するようにそう言ってきたんだけど、俺は一切動じずにこう返事をした。

「だって……もし今俺がゴリさんにそれをしちゃったら……それは〝約束〟が違いますもんね？」

「……っ」

俺がそう言うとゴリさんはピクリと少しだけ動いた。

でもそれはほんの一瞬の出来事で、すぐにゴリさんは何を言ってるのかよくわからないといった顔をしながらこう言ってきた。

「んー、約束ってー？　あはは、クロちゃんとアタシって何か約束したんだっけ？　そんなのアタシちっとも覚えてないんだけどなぁ。ねぇねぇ、アタシとの約束って何の事なのかなぁ？」

そう言いながらゴリさんはニヤニヤと笑い続けている。いやもうこんなんゴリさんだってわかって言ってるじゃんか。

「はは、全くもう……わかってるクセにゴリさんはすぐにそうやって挑発してくるんですから。まぁでもいいっすよ、今日だけはその挑発に乗ってあげますよ。……じゃあいいですか？　一度しか言わないんでよく聞いといてくださいよ？」

「ふふ、うん、いいよ。言ってみなよ？」

俺はニヤニヤと笑い続けているゴリさんに向かってビシッと人差し指を突きつけながらこう言った。

「いつか必ず……いつか必ず一〇先で勝ってみせますから！　だからそれまで首洗って待っててくださいよ……ゴリさん！」

「……っ！」

——だからいつも言ってんじゃん。アタシに一〇先で勝てたらいつでもクロちゃんの彼女になってあげるってさー。

「……ぷ、ぷははっ！　うん、やっぱりクロちゃんは最高だよね！」

ゴリさんは今日一番の大笑いを決めながら俺に向けてそう言ってきた。そしてそれから少し落ち着きを取り戻してからゴリさんは続きを喋り始めた。

「ふふっ、でもいいのかなぁ？　クロちゃんがアタシに一〇先で勝つなんてさ、一体いつの事になるんだろうねぇ……くすくす」

「大丈夫っすよ、ゴリさんを追いかけるのには慣れてるんでね。それに俺ゲームセンスはないかもしれないっすけど、諦《あきら》めない心の強さだけは誰にも負けないっすからね？」

「あはは、確かにね！　クロちゃんはどんだけボロッカスに叩き潰しても、絶対に諦めない不屈《ふくつ》のドエム精神を持ってるもんね！」

「いやだからドエムじゃないって！　まぁでも近い内に必ずゴリさんの事をボッコボコにしてやりますんで対戦よろしゃす！　はは、もうゴリさん今のうちに一〇先で負けた時の言いわけ考えといた方が良いっすよー？」

という事で俺はゴリさんに向けて生意気すぎる宣戦布告をブチかましたんだけど、でもそんな生意気な発言を受けてもゴリさんは楽しそうに笑っていた。

「ふふふ、だいぶ言うようになったじゃん？　あーあ、昔はもっと可愛げのある良い子だったのになぁ……こんなクソ生意気でムカツク事ばかり言うようになってお姉さんとても悲しいよ」

「はは、可愛げのある素直な後輩には学校に行けばいつでも会えるんだからいいでしよ？　それにゴリさんだって昔は凄い丁寧《ていねい》で優しくて頼りになる大人の女性って感じだったのに……今じゃ〝テメェ殺すぞっ！〟が口グセのヤバいお姉さんになっちゃって、後輩の俺としては非常に悲しいっすよ」

「ふふ、品行方正で優しい優しい先輩には学校に行けばいつでも会えるんだからいいでしょー？　って、あぁなんだ、つまりはお互い様だったたって事か、あははっ」

「はは、違いないっすわ」

そう言って俺とゴリさんは顔を見ながらお互いに笑い合った。そしてひとしきり笑い合った後、ゴリさんはクルッと体を反転させて俺に背中を向けながらこう言ってきた。

「……ふふ、でもさぁ……クロちゃんは知らないかもしれないけどアタシって結構モテるんだからね？　そんなアタシに待ってろだなんてさぁ……ふふ、君は随分と大口を叩けるようになったんだねぇ？」

「う……それはまぁ……その……生意気言ってすいません……」

俺がごにょごにょとそう言っていると、後ろを向いているゴリさんからふふっと笑っている声が聞こえた。

「……ふふ、まぁでも、アタシにとってクロちゃんはどうしようもないくらいにクソ生意気で憎たらしい弟分だけどさぁ……うーん、それでも私にとって神木君は優しくて素直な可愛い後輩だしなぁ。だから、うん、まぁしょうがないなぁ……」

ゴリさんはそこまで言うともう一度クルッと体を反転させ、そしてしっかりと俺の顔を見つめながらこう言った。

「ふふ、君がアタシに勝てる日が来るまでさ……私はずっと待っててあげるよ。だから頑張ってね」

そう言うゴリさんの……いや、七種先輩の表情はいつもの柔和でとても優しい笑顔だった。

エピローグ epilogue

A story about how the online game friend who was being provoked was a beautiful senior with good manners.

「う……うぁあああ……！」

あの怒濤《どとう》すぎるオフ会が終わった後、俺は自宅のベッドの上で一人悶《もだ》え苦《くる》しんでいた。

「いやもう色々と恥ずかしすぎるってて!!」

オフ会でゴリさんに何か良い事を言った風だったけど、でも帰ってから我に返ると恥ずかしい事を口走ってた気がして顔が真っ赤《まっか》になってしまい、俺はベッドの枕に顔を埋《うず》めていた。

俺はベッドに寝転びながら、ゴリさんと出会った頃の事を思い返してみる。

最初の頃はお互いに遠い距離感で接していたのに……それがいつしか軽口を叩《たた》き合《あ》って、煽《あお》り合《あ》いをしたり喧嘩《けんか》とかもしたりして……いやこれ全部七種《さえぐさ》先輩とやってきたって思うとめっちゃ恥ずかしい気持ちになるんだけど……。

「……はぁ。何か頭がこんがらがるよなぁ……」

いやそんなの当然だよな。だって現実で好きな相手がネットの悪友だったなんて知ってしまったら、そんなの頭が混乱するに決まってるよ。

「でもまさかゴリさんの正体が七種先輩だったなんてな……」

俺は七種先輩の事が好きだ。

七種先輩とお付き合い出来たら最高だと思う。色々な所でデートとかしたり、一緒にご飯を食べたりとか出来たら絶対に楽しいよな。

でもゴリさんは俺にとっては最高の悪友というか喧嘩友達みたいなやつだ。これからも気軽に煽り合ったり喧嘩したりして、常に一緒に笑い合いながら過ごしていきたいと思っているんだけど……。

「うーん……」

でもそれは悪友だったからこそあんなに気軽に煽り合いが出来たわけでさ。それが好きな相手だったと知ってしまったからには、お互いに気まずくなったりするんだろうか……？


――ぴこん♪

「ん？」

俺がそんな事を思っていたら、ふとパソコンから通知音が鳴った。それは通話チャットアプリにメッセージが飛んできた事を知らせる音だった。

俺はベッドから立ち上がってそのメッセージの送り主を確認するためにパソコンに近づいた。

「うっ……」

そのメッセージの送り主は……ゴリさんだった。そして送られてきたメッセージはたったの一言だった。

——やんぞっ！——

これが何を意味しているのかはもちろんわかる。俺はどうしようか少し悩んだけど……まぁでもいつも通りのメッセージを送り返した。

——りょかいっす——

〝トゥトゥルルー♪　トゥトゥルルー♪〟

「早っ⁉」

俺がメッセージを送るとたった数秒でゴリさんからの着信音が鳴り始めた。俺は慌てて新しく買ったヘッドセットをパソコンに繋《つな》げて通話を開始した。

『ういーっす、お疲れー』

「お、お疲れーっす」

『おー、クロちゃんの声めっちゃクリアに聞こえるじゃん！　やっぱり良いヘッドセットは音質が全然違うね』

「あ、マジっすか？　俺もせんぱ……じゃなくて、ゴリさんの声めっちゃクリアに聞こえますよ」

『あはは、それなら良かった！　ってかこれならもっと早くに買えば良かったのにねー』

「いやまぁ、確かにそうでしたね……あ、あはは」

という事で今日もいつも通りゴリさんとの通話が始まった。

いやいつも通りではあるんだけど……でもいつもと違ってゴリさんの音声が鮮明に聞

こえているため、この人は七種先輩なんだとはっきり認識出来てしまい俺はまたかなり緊張してしまっていた。

そしてそんな俺の奇妙な様子に気が付いてゴリさんは不思議そうに尋《たず》ねてきた。

『んー？　クロちゃんどうしたん⁇』

「えっ⁉　あ、あぁいやなんというかその……ゴリさんって呼ぶのなんか違和感があるなーって」

『いや何でだよー！　三年間ずっとそう呼んできたでしょ』

「いやまぁそうなんすけど……でもゴリさんが七種先輩だと思うとちょっと……」

『ふうん？　あ、じゃあこれからは〝千紗《ちさ》ちゃん〟とか〝ちぃちゃん〟って可愛《かわい》らしく呼んでもろても構わんけど⁇』

「ぶはっ⁉　な、何でそんな呼び方しないといけないんすか⁉」

『え⁇　だってアタシの事を可愛く呼びたいって悩んでたんじゃないの⁇』

「いや全然違うんすけど！」

『あはは、違うかー』

俺は素直にゴリさんという呼び方に違和感があると言ったんだけど、ゴリさんはいつも通りケラケラと笑いながら馬鹿にしてきた。

『んーまぁクロちゃんが悩んでるのは何となくわかるけどさぁ……でもそんなに難しく考えなくてもいいんじゃない？』

「え？　な、何がっすか⁉」

『いやだってさ、いつもクロちゃんがネットで遊んでる相手は誰よ？』

「え？　そ、それはまぁゴリさんっすけど……」

『うんうん、そうだよね。それじゃあさ、今クロちゃんが遊んでる相手は誰なのよ？』

「そ、それもまぁ、ゴリさんっすけど？」

『でしょー？　それじゃあ別に違和感なんて覚えなくていいじゃん。あ、それとも何？アタシとはもう一緒に遊びたくないって事⁉』

「い、いやいや！　それは絶対にないっすよ！」

『あはは、そっかそっか。そんなにアタシと遊びたいって言うんならしゃーないなー！今日も朝まで遊ぶよー！』

「いやそこまでは言ってないっす、って、いやゴリさん受験生でしょ、早く寝なさいって！」

　このままのペースだと朝までコースになりそうになったので、俺は慌ててゴリさんを

制止した。いや、この人本当に受験生なんだよね⁇

『あはは、冗談だよ冗談！　まぁそんな感じでさ、アタシはどこまでいってもアタシなんだからさ、クロちゃんもそんな気にすんなって！　ほら、せっかくアケコン買ったんだから早速使って対戦してみようよ！』

「……まぁはい、そうっすね。うん、せっかく買ったんだしちょっとだけやりましょうか」

ゴリさんと通話する前までは何だか気恥ずかしさとか頭がこんがらがっていたりしたんだけど……でも当のゴリさんがあまりにもいつも通りすぎてまぁいいかという気持ちになった。

この〝七種先輩〟と〝ゴリさん〟に対する気持ちの整理がつくのは果たしていつになるかわからないけど……でも、きっとゴリさんはいつまでも俺と馬鹿な事を一緒にやってくれるだろうな……。

＊＊＊

「……は、はぁ⁉　ちょっ！　わからん五六《ころ》しすなって‼」

『あーめっちゃ気持ち良いー‼　クロちゃんをボコボコにする事でしか摂取《せっしゅ》できない栄養素が今沢山得られてるわー！ｗｗ』

「んな最悪な栄養素を摂取すんじゃないって‼　って、あ、ちょっ待っ‼」

── You Lose ! ──

『はい今日もアタシの勝ち！　何で負けたか明日までに考えといてください！』

「いやズルい‼　ズルいってゴリさん‼　今までそんなキャラ使ってきてなかったじゃん‼　んな知らん技ぶっぱなされても対応出来ないって‼」

『はぁ何言ってんのクロちゃん⁇　キャラ対策が出来てない君が駄目駄目なだけじゃないのー⁇』

「ぐ、ぐぎぎっ……！」

『はい論破ー！　トレモ籠ってキャラ対策してきなさい！』

　という事で今日のゲームの対戦結果は一二戦中二勝一〇敗という圧倒的惨敗で終わった。しかも内二勝に関してはかなり手加減をされて手にする事が出来た二勝だった。

対戦を始めて最初の内は七種先輩の顔がちらついてきて集中出来なかったんだけど、でも中盤辺りからゴリさんがバチクソに煽ってきてくれたおかげで、その辺りから俺もいつも通りのゴリさんだと認識して接するようになっていった。

『あはは、でもこれじゃあアタシに勝てるようになるなんて一体いつになる事やら。あまりにもボコボコにされて可哀《かわい》そうだからこれからはもっと手加減してあげよっかぁ⁇』

「手加減なんていらんすわ！　近い内にゴリさんをボコボコにしたるんで上でのんびり待っててくださいよ！」

『……ぷはは！　しゃーないなー、そんじゃあまぁ、クロちゃんが来るまで高みで待っっててあげるよ』

そう言って今日もお互いに笑い合いながら深夜までゲームを続けていった。

＊＊＊

「んじゃあね、おつー」

『はい、お疲れっすー』

――黒《クロ》さんとの通話が終了しました。

「ふぁわあ……ふぅ」


私は欠伸《あくび》をしながら時計を確認した。

時刻は既に深夜二時過ぎになっていた。今日は怒濤すぎる一日だったなぁ。

朝はオフ会に行ってひたすらゲームをして、夜も家でひたすらゲームをするというあまりにもゲーム三昧な一日だったんだけど、とにかくとても楽しい一日だった。

「でもまさかクロちゃんが神木《かみき》君だったなんてね」

クロちゃんは私にとって馬鹿な事を何でも一緒にやれる楽しい悪友って感じだけど、神木君は私にとって可愛い後輩というか弟分というかそんな感じだ。

そんな雰囲気が全く違う二人がまさかの同一人物だったなんてそりゃあビックリするよ。私はそんな事を思いながら今までのクロちゃんとのやり取りを思い出してみる。

「ふふ、最初の頃は凄《すご》い他人行儀だったっけなぁ……」

私はクロちゃんと出会った頃を思い返してみる。

最初の頃はお互いに遠い距離感で接していたのに……それがいつしか軽口を叩き合って、煽り合いをしたり喧嘩とかもしたりしてさ。

ははは、こんなに距離感がグッと近づくなんてあの頃は思いもしなかったなぁ。

「あはは、でもまさか私の事を好きな男の子の恋愛相談に乗ってあげてたなんてね」

いやまさか神木君の好きな人が私だったなんてさ。とても近しい人だったってのに、全然気が付かないもんだね。

「ん……んぅ」

私はメガネを外して背伸びをしながら自分の事を考えてみる。

私はこの十八年間、誰ともお付き合いをした事がない。もちろん告白は沢山されてきたけど、それは全て断ってきた。

そうしてきた理由は私の事をちゃんと知らない人と付き合いたいとは思わなかったからだ。

友達として接していって、ちゃんと私の事を知っていってもらって……それでも私の事を好きだと言ってくれる人じゃないと絶対に嫌だ。

だって〝七種千紗子《ちさこ》〟としての人格も〝ゴリ林《ばやし》〟としての人格もどちらも本当の私なんだから。そのどちらの私もちゃんと認めてくれる人じゃないと絶対に無理だ。

だから私としては〝私〟と〝アタシ〟を知っている神木君が、本当に好きだと言ってくれるのであれば、全然お付き合いしても良いと思ってる。でも神木君はどう思うだろう？

「うーむ……」

だって神木君が好きなのは〝七種千紗子〟であって〝ゴリ林〟ではないよね。

神木君は〝私〟とはお付き合いしたいのかもしれないけど、クロちゃんとしては〝アタシ〟とは友達としてずっと馬鹿な事をやってたいって思ってるのかもしれないよね。

オフ会の時も友達である〝アタシ〟と遊びたいんだって言っていたわけだし。

それにさっきのクロちゃんとの通話でも、本人も何だか違和感があるって言いながらこんがらがっている様子だったし。

「……ま、なるようにしかならないよね」

まぁ私があれこれと悩んだ所で解決出来る事ではないか。これぱっかりはあの子本人にしか折り合いをつける事は出来ないよね。

だから私からあの子に出来る事は考える時間をあげる事くらい。

「まぁきっと一〇先で勝てる頃にはあの子もどう選択するかは決めるでしょ」

神木君は〝七種千紗子〟に対する愛情を取るのか、それとも〝ゴリ林〟に対する友情を取るのか……果たしてどちらを選ぶんだろうね？　まぁどっちを選んだとしても私は彼の意思を尊重するよ。

その答えを出せるまでどれくらい時間がかかるのかはわからないけど……でも私は彼に〝ずっと待っててあげるよ〟って言ってあげたからさ……うん、だからちゃんとずっと待っててあげるよ。

「……ふふ、頑張りなよ、クロちゃん」

あとがき

どうも皆さま、初めまして。tama《たま》と申します。

この度は本作品をご購入していただき誠にありがとうございます。

私にとって本作品が初めての書籍化という事でずっと緊張しっぱなしなんですけど、それと同じくらいにワクワクとした気持ちで書籍化に向けての執筆、編集作業を頑張ってきました。

そしてそんな緊張感とワクワク感を終始ずっと感じ続けながら作り上げた本作品を一人でも多くの皆さまに読んで頂けたら幸いに思います。


さて、本作品のテーマは〝ゲーム〟について取り上げた作品となっております。これは私が子供の頃からゲームがずっと大好きだったので、是非ともこのテーマで一作の小説を書いてみたいと思って挑戦してみた次第です。

ただ、本作を執筆している時に物凄く感じた事があるんですけど……今と昔でゲームの環境って全然違いますよね。いや、ネット環境と言った方がいいのかも？

今から十五年くらい前に某モンスターを狩猟するゲームが爆発的に超流行《はや》りました。

もちろん私もそのモンスターを狩猟するゲームに熱中した世代です。

でもその当時はまだまだゲームのネット環境は全然充実しておらず、友達とそのモンスターを狩猟するゲームをマルチで遊ぶためにはどうしても顔を突き合わせて近くで遊ぶ必要がありました。

だから当時学生だった私は学校終わりの放課後は、いつも下校時間ギリギリまで教室に残って友達と一緒にモンスターを狩りまくっていた記憶があります(笑)。

今現在だとネット環境もかなり充実してきていますので、オンラインによる対戦や協力プレイなどで何時《いつ》でも何処《どこ》でも気軽にマルチでゲームが出来るような時代になりましたよね。

でも少し前まではゲームをマルチで遊ぶためには顔を突き合わせて近くで遊ばないといけないという時代もあったんですよ。

そしてもう一つ変わったなと思う所があるんですが、今ではＳＮＳなどの沢山のコミユニティツールを駆使《くし》する事で老若男女問わず様々な人達と一緒にゲームを遊べる時代にもなりましたよね。

私が子供の頃は同年代のゲーム仲間しか作りようがなかったのに、今ではネットを駆使して一回り年上もしくは一回り年下のゲーム仲間なんかも作れるようになりました。いや私が子供の頃にはこんな時代が来るなんて全く想像もしていませんでした。

さらには国内のみでなく海外の人達とも気軽にゲームを一緒に遊べるようになったんですから、もう本当に凄い時代になりましたよね。

こうなってくると、今後のゲーム環境はどう変化していくのか楽しみになってきますよね！　これから先どのように進化・発展していくのか、今から非常にワクワクとしています！

……まぁでも、そんな事を言ってる私も気が付けばゲームばかりやっていた学生時代に終わりを告げて、今では多少は真面目な社会人へと成長する事が出来ました。

やっぱり社会人になった今ではゲームをやる時間はだいぶ減ってしまいましたが、それでも学生の頃の友達や会社で出来た友達、ゲームで知り合った友達と今でも時間が合えば一緒にゲームをやる日々は続いています。本当に良い人達に恵まれてきたと思います。

そんな今まで一緒に遊んできてくれたゲーム仲間や友達とのやり取りや懐《なつ》かしい思い出などを参考にして作り上げたのが本作品となっております。

そしてせっかくなので本作にはソシャゲやFPS、格ゲーなどのネタも少しずつ盛り込んでみました。ゲーム好きな人で少しでもクスっと笑っていただけたら嬉しいです。

それでは最後になりますが、まずは本作品の出版にあたって素敵なイラストを描いて下さりましたイラストレーターのたん旦《たん》様、とても綺麗で素敵なイラストを描いて下さり本当にありがとうございました。ゴリさんとクロちゃんの完成イラストを初めて見た時には涙が出るくらい感動しました。

続きまして本作品を出版するために尽力をつくして頂いた担当編集者の儀部季美子《ぎぶきみこ》様

にも多大なる感謝をしております。初めての書籍化という事で色々とわからない所があった私に対して一つ一つ丁寧にご指導をしてくださり本当にありがとうございました。

そして最後にこの作品を手に取ってくださった読者の皆さま。ここまで読んで頂き本当にありがとうございました。少しでも面白かった、買って良かったなと思って頂けたら幸《さいわ》いに思います。

という事で以上、私からのあとがきはこれにて終わりにしたいと思います。またいつか、どこかで読者の皆さまと再会する日を心から楽しみにしております。

それではここまで本当にありがとうございました！

ありがとう
ございます！
SanTan

■ご意見、ご感想をお寄せください。…………………………………………………
ファンレターの宛て先
〒102-8177　東京都千代田区富士見2-13-3　ファミ通文庫編集部
tama先生　たん旦先生

FBファミ通文庫

煽《あお》り煽《あお》られしてたネトゲ仲間《なかま》が品行方正《ひんこうほうせい》な美人先輩《びじんせんぱい》だった話《はなし》

1827

2023年11月30日　初版発行

◇◇◇

著　者　tama《たま》
発行者　山下直久
発　行　株式会社KADOKAWA
〒102-8177 東京都千代田区富士見2-13-3
電話 0570-002-301（ナビダイヤル）
編集企画　ファミ通文庫編集部
デザイン　寺田鷹樹（GROFAL）
写植・製版　株式会社スタジオ205プラス
印　刷　TOPPAN株式会社
製　本　TOPPAN株式会社

●お問い合わせ
https://www.kadokawa.co.jp/（「お問い合わせ」へお進みください）
※内容によっては、お答えできない場合があります。
※サポートは日本国内のみとさせていただきます。
※Japanese text only

ISBN978-4-04-737697-7 C0193

定価はカバーに表示してあります。

ギャルに優しいオタク君

著者／138ネコ
イラスト／成海七海
キャラクター原案／草中

オタク君マジ最高なんだけど!!!

仲良くなった金髪ギャル鳴海《なるみ》優愛《ゆあ》の悩みは多い。その悩みを解決するのは——小《お》田《た》倉《くら》浩一《こういち》のオタク趣味!?「オタク君マジ最高なんだけど!!!」ギャルの趣味を理解するオタク君の学園青春ラブコメディ！

FBファミ通文庫

咲うアルスノトリア　すんっ！
孤島の魔法鉱物学実習

原案／「咲うアルスノトリア」より
(NITRO PLUS/GOOD SMILE COMPANY)
著者／櫂末高彰
カバーイラスト／ライデンフィルム
口絵・本文イラスト／桧野ひなこ

大人気アニメのノベライズが登場！

リデルは健気で努力家なムードメーカー。だが実は何をやってもうまくいかない自分のポンコツぶりに自信を無くしてしまっていた。そんなある日、リデルはアルスノトリアたちと一緒に孤島での実習を言い渡される。リデルは今度こそみんなの役に立とうと奮起するのだが――!?

FB ファミ通文庫

原作開始前に没落した悪役令嬢は偉大な魔導師を志す2

著者／桜木桜
イラスト／閏月戈

既刊 1巻好評発売中！

学園祭＆復活祭シーズン！ 舞踏会で没落令嬢と踊ってくれるのは!?

ロンディニア魔法学園に入学後、友人と遊んだり部活で汗を流したりと、慌ただしくも楽しい日々を送るアルスタシア家の娘・フェリシア。そんなある日、一大イベントであるラグブライの公式戦に出場するのだが……。

FBファミ通文庫

自作3Dモデルを売るために
サキュバスメイドVtuberになってみた

著者／下垣
イラスト／姫咲ゆずる

俺の応援はしなくていいから、俺の娘《モデル》を買ってくれ!

男子高校生の賀藤琥珀《がとうこはく》は、自作した美少女3Dモデルの宣伝のため、Vtuberのショコラとしてデビューする。しかし3Dモデルはほとんど売れないまま、なぜかショコラだけが人気になってしまい……!?

俺だけレベルが上がる世界で悪徳領主になっていたV

既刊 I～IV巻好評発売中！

著者／わるいおとこ
イラスト／raken

俺だけレベルが上がる世界で悪徳領主になっていた
V
わるいおとこ
illust. raken
ファミ通文庫

新エイントリアン王国、始動！

ついにエイントリアン王国の建国を宣言したエルヒン。だが建国早々、エルヒンを脅威とみなした周辺諸国が相次いで宣戦布告をしてくる。しかもエルヒンが出向く戦場にはなぜか毎回メデリアンが姿を現して——!?

放課後の図書室でお淑やかな彼女の譲れないラブコメ3

著者／九曜
イラスト／フライ

既刊 1〜2巻好評発売中！

泪華の気持ちに静流は——。

放課後の図書室で姉の蓮見紫苑《はすみしおん》、先輩の壬生《みぶ》奏多《かなた》、恋人の瀧浪泪華《たきなみるいか》の三人と楽しくも騒がしい日々を送る真壁静流《まかべしずる》。そんな中、奏多からデートに誘われた静流は週末を一緒に過ごすことになるのだが……。放課後の図書室で巻き起こるすこし過激なラブコメシリーズ、堂々完結。

友人に500円貸したら借金のカタに妹をよこしてきたのだけれど、俺は一体どうすればいいんだろう

著者／としぞう
イラスト／雪子

ワンルームドキドキ同棲生活!!

白木求《しらぎもとむ》のアパートに突然押しかけてきた宮前《みやまえ》朱莉《あかり》。「兄が借金を返すまで、私は喜んで先輩の物になります！」と嬉しそうに宣言する。突飛な展開に戸惑う求だったが、そんな彼を強引に言いくるめ、朱莉は着々と居候の準備を進めていく。当然朱莉のほうには目的があり——。

賢者の孫17
永遠無窮の英雄譚

著者／吉岡剛
イラスト／菊池政治

既刊 1～16巻好評発売中！

異世界ファンタジーライフ、終幕

エリザベート暗殺計画を止めたシンたちアルティメット・マジシャンズ一行。それぞれが子供たちと楽しい日々を過ごす中、シンは養子・シルバーに「ぼくは何者なの？」と問われ、真実を話す決意をするのだが……。